# Te trataré como a una reina

Novela

# Rosa Montero
## Te trataré como a una reina

Seix Barral

© Rosa Montero, 1983 y 1998
© Editorial Seix Barral, S. A., 2006
   Avinguda Diagonal, 662, 6.ª planta. 08034 Barcelona (España)

Diseño de la cubierta: Método, Comunicación y Diseño, S. L.
Ilustración de la cubierta: Corbis / Cover
Fotografía de la autora: © Anna Löscher
Primera edición en esta presentación en Colección Booket: febrero de 2006

Depósito legal: B. 1.370-2006
ISBN: 84-322-1717-4
Impresión y encuadernación: Litografía Rosés, S. A.
Printed in Spain - Impreso en España

## Biografía

Rosa Montero nace en Madrid en 1951. Estudia
Periodismo y Psicología y al mismo tiempo colabora con
algunos grupos de teatro independiente, como Tábano o
Canon. Desde 1969 trabaja como periodista, publicando
en diversos medios de comunicación (*Pueblo*, *Arriba*,
*Mundo Diario*, *Hermano Lobo*, *Posible*, *Fotogramas*, etc.).
Actualmente trabaja en el diario *El País*, en donde fue
redactora-jefa del Suplemento Dominical desde 1980
hasta 1981. En 1978 gana el Premio Mundo de
entrevistas, y en 1980 el Premio Nacional de Periodismo
de reportajes y artículos literarios. Entre su extensa
producción literaria destacan: *Crónica del desamor*,
*La función Delta*, *Te trataré como a una reina*, *Amado
amo*, *Temblor*, *Bella y oscura*, *La hija del caníbal*
(Premio Primavera de Novela 1997), *El corazón del tártaro*,
*La loca de la casa*, los libros de relatos *Amantes y
enemigos* y *Pasiones*, un libro de ensayos biográficos,
*Historias de mujeres*, el libro de artículos *La vida desnuda*,
los reportajes que se recogen en *Estampas bostonianas
y otros viajes*, así como cuentos para niños y
recopilaciones de entrevistas y artículos.

Mi reconocimiento a Juan Madrid,
que me habló de boleros,
y a Enrique Martínez,
que me habló de perfumes.
Para Olga y Javier,
que me tratan de verdad como a una reina.

## EL EXTRAÑO CASO DE LA ASESINA FUMADORA

Extracto del reportaje que, bajo este título, fue publicado el día 18 de septiembre de 1982 en la revista especializada *El Criminal*, número 356, II época.

(De nuestro reportero Paco Mancebo.)

Los vecinos de la popular calle de La Reina de esta capital continúan conmocionados por el extraño y salvaje suceso ocurrido el pasado viernes día 16 en la finca sita en el número 17 de la citada calle. Los acontecimientos se desarrollaron hacia las seis y media de la tarde del viernes. Don Antonio Ortiz, de 49 años de edad, soltero, de profesión funcionario de ministerio, se encontraba en su casa, en el cuarto piso de la mencionada finca. Los vecinos aseguran que don Antonio fue siempre un hombre callado y educado que nunca dio lugar a escándalos, antes al contrario, cosa muy de estimar en un soltero. Una vecina nos dijo: «Parecía un cura o algo así.» Otros inquilinos coincidieron en que era un poco misterioso, porque nunca se le veía con nadie. *El Criminal* ha podido saber que don Antonio iba a contraer matrimonio en breve con un bella y honrada joven, a la que nos ha sido imposible localizar.

La tarde de autos don Antonio se encontraba en su casa cuando sonó el timbre de la puerta. Poco imaginaba el infortunado que en el descansillo le esperaba la asesina, Isabel López, de 46 años, más conocida con el alias de «La Bella», cantante de boleros en un club nocturno cercano al barrio chino, actualmente detenida por la eficaz acción de los inspectores de Polícia del Grupo de Homicidios.

Poco sabemos de los primeros momentos: parece que la mujer y la víctima se conocían, porque la asesina entró en la casa sin encontrar resistencia. Pero la discusión debió empezar en seguida, porque olvidaron cerrar la puerta. Esto, y los gritos que se oían, alarmaron a doña MPG, vecina de la víctima, quien salió de la suya y pudo seguir los acontecimientos desde el descansillo, a través de una rendija. «No intervine», nos confió doña MPG, quien no quiere que publiquemos su nombre, «porque creí que la cosa no llegaría a tanto y también por susto». Doña MPG se halló ante un hecho que no pudo por menos que conmover su ánimo. Cuando ella llegó, la homicida sujetaba a don Antonio por las solapas. La susodicha era más alta y mucho más corpulenta que el infortunado, de modo que le podía, lo que demuestra que no siempre el sexo débil es el débil, sobre todo cuando nos encontramos con una energúmena como La Bella, sin principios morales y capaz de todo tipo de ensañamiento. La mujerona zarandeaba a la víctima insultándole a grandes gritos: parecía estar fuera de sí, y de su boca soez sólo salían maldiciones llenas de rabia. La Bella tiró a la víctima al suelo y entonces, como en un rapto de locura, comenzó a destrozar toda la casa. Don Antonio intentaba impedírselo, pero sus fuerzas eran insuficientes. Las lámparas, las sillas, el contenido de los cajones y de los armarios: todo lo arrasó la bestial homicida. El desdichado cayó de rodillas sobre un montón de papeles rotos y parece que se puso a llorar. La Bella cogió un cajón de frasquitos que aún no había roto. «No, no, eso no, por favor», imploraba la víctima, pero sus súplicas no conmovieron a la homicida, quien, sin mostrar piedad alguna, empezó a abrir los frascos y a vaciar el contenido de los mismos sobre el suelo. Debían ser perfumes, porque, según nos dijo doña MPG, el olor llegaba hasta la puerta. La víctima se tapaba la nariz y sollozaba amargamente. De súbito don Antonio intentó huir, y entonces se entabló un forcejeo entre los dos. Con el calor del afrontamiento cayeron ambos al suelo, y la homicida se las arregló para sentarse sobre él, dejándole atrapado. Primero le volcó sobre la cabeza los frascos que aún no había vaciado, y después sacó un paquete de cigarrillos de su bolsillo y, dando muestras de un comportamiento verdaderamente anormal, se fumó toda la cajetilla encendiendo los pitillos de tres en tres y echando grandes bocanadas de humo sobre la cara de la víctima, quien gritaba «no puedo más, no puedo más», aparentando grandes sufrimientos. Entonces, se ve que en un descuido, la víctima logró escurrirse de debajo de la asesina fumadora, y se puso en pie intentando una huida desesperada. Pero su destino era fatal y la mujer le atrapó antes de que llegara a la puerta. Dando pruebas de una fuerza enorme, La Bella le cogió en brazos. Y en un abrir y cerrar de ojos, sin más aviso, la sanguinaria mujerzuela se dirigió con él a cuestas hacia la ventana y tiró al desdichado a la calle desde el cuarto piso.

# 1

Era una tarde quieta y sofocante, la casa estaba en orden y Antonia no sabía qué hacer con su persona.

—Jesús, esto es un baño turco...

Permanecía de pie en mitad de la cocina, como una pasmada, sin resuello. El sol se colaba por entre las rendijas de la persiana metálica y cortaba la penumbra en lonchas de luz apelusada. Antonia colocó la mano a contraluz y observó cómo la carne se ponía roja y un poco transparente. De pequeña solía jugar a esto con su hermano. A las radiografías. Se encerraban en el establo y abrían el portón sólo una chispa, lo justo para que pasara algo de sol. Antonio decía que así se podían ver los huesos de la mano, el mismísimo esqueleto. Pero ella nunca lo vio claro.

—Pero mira que eres burra, Toña, no es que seas más pequeña que yo, es que eres burra —gritaba Antonio.

Y ella se remiraba la manita y nada. Eso era en los veranos, a la hora de la siesta, mientras el mundo dormía. El establo olía a sudor de ganado y todo era silencio y un aire gordo y áspero que te quemaba la garganta, un aire que no alimentaba al respirarlo. Como ahora. Sólo que el calor en la ciudad era peor. Más sucio.

—Señor, señor...

Suspiró y se abrió un poco de piernas, porque con los primeros calores llegaban también, como siempre, las escoceduras: los muslos le rebosaban

13

por encima del encierro de las medias y formaban dos lorzas blancas que se empeñaban en entrechocar y estorbarse mutuamente.

—Esto me pasa por estar tan gorda.

Antonia acababa de fregar los platos de la comida. Antonio no había venido y ella sola ensuciaba siempre poco, así es que acabó en un santiamén. Después, por hacer algo, sacó todas las sartenes del armario y durante unos minutos se entretuvo en frotarlas con estropajo y denodado celo; Antonio no le permitía hacerlo, decía que las sartenes no se lavan, sino que se restriegan con papel de periódico para que queden engrasadas, ¿no ves, tonta, que si les das con el estropajo luego se te pega todo? Ella le obedecía, aunque no sabía de dónde había sacado su hermano eso de que así no se pegaban, porque jamás le había visto friendo nada. Pero como a Antonia le repugnaba un poco dejar las sartenes aceitosas, de vez en cuando se permitía una brizna de rebeldía fraternal y las frotaba y refrotaba bien con detergente hasta hacer saltar las ronchas de frituras. A fin de cuentas la que cocinaba era ella, qué caramba.

—Es la misma manía que tenía padre.

Suspiró de nuevo intentando deshacer el agobio que tenía atravesado en el pecho de la misma manera que se atraviesa la espina de un pescado. Un moscón verde y a todas luces moribundo revoloteó torpemente en la penumbra. La ropa estaba planchada, los armarios bien dispuestos, las cacerolas limpias y secas, y la víspera había repasado todos los botones de las camisas de Antonio y subido el dobladillo de sus trajes de verano, porque la moda se presentaba faldicorta. De modo que no tenía nada que hacer y la tarde amenazaba no acabar nunca. «Si por lo menos pudiera echarme la siesta, como Antonio», se dijo, secándose el sudor del labio superior con un pico de la bata. Pero ella era de natural metódico y sólo se dormía, con asombrosa precisión, de doce de la noche a siete en punto de la mañana. Ni siquiera necesitaba despertador. El llanto de un niño cortó el silencio del patio vecinal y se coló por la persiana. No soportaba los domingos. Los días de diario siempre se podía bajar a última hora a comprar medio litro de leche, o una pizca de azafrán, o a dar una vuelta por alguno de los grandes almacenes. Pero los domingos Antonia sabía que, tras regresar de misa con el pan, ya no iba a volver a hablar con nadie hasta el día siguiente. La mosca zumbó con redoblado énfasis durante unos segundos y luego se estrelló contra los azulejos de la pared. Antonio ni siquiera había llamado para decirle que no venía. Esto no le preocupaba: su hermano solía comportarse así. Pero le echaba en falta. Con Antonio en casa siempre había algún quehacer: servirle la comida, prepararle las hierbas digestivas, abrirle la cama, vigilar la hora para despertarle puntualmente, hacerle el café de después de levantarse (americano, en vaso, caliente en invierno y con hielo en verano), cepillarle las solapas, que siempre las traía puercas de caspa, y muchas veces, incluso, dar una mano de betún a los zapatos. Con su hermano en casa Antonia se sentía necesaria.

Haciendo uso de un trocito de cartón y de cierto melindre recogió el cadáver del moscón suicida y lo arrojó a la lata. Después se encaminó hacia el comedor, cansina, y escocida, y despatarrada. La televisión hablaba sola en su rincón con verborrea mecánica: a Antonia le gustaba mantener el aparato encendido, lo estuviera viendo o no. Era un trasto en blanco y negro, una antigualla. En las noches de verano, los vecinos de enfrente entornaban las hojas de la ventana, y en el cristal se reflejaba su televisor, que era en colores. A veces, cuando había película, Antonia se asomaba al patio para ver de qué color era el traje de la protagonista. Era una incomodidad pero su hermano no quería comprarle un aparato nuevo.

—¡Pero fíjate qué pintas! —se dijo a sí misma, porque acostumbraba hablar a solas.

En la pantalla, unos muchachos de pelo tieso, como recién salidos de un susto, se contorsionaban y chillaban lo mismo que si sufrieran un telele. Era un conjunto musical, uno de esos conjuntos de chicos bárbaros y extraños y feísimos. Eran igualitos a Leocadio, el tonto del pueblo. Para eso tanta ciudad, tanto progreso. Antonia cogió una revista y consultó la programación, aunque se la sabía de memoria: un espacio musical, otro religioso, fútbol...

—Qué aburrimiento.

En el dormitorio ya no daba el sol, pero el calor era igualmente insoportable, un calor de último piso, de techo abrasado y casa vieja. Antonia abrió la ventana de par en par y se dejó caer en la descolorida butaca de la coqueta. Reflexionó durante un buen rato sobre qué cajón sacar. Al fin se decidió por el de arriba, el más reciente, aquel que contenía los tesoros de los últimos cinco años. Apartó con sumo cuidado el juego de tocador, un regalo de su abuela cuya función no había pasado nunca de la dudosamente decorativa. Luego sacó el cajón entero y se lo colocó con dulzura en el regazo.

—Ay... —suspiró, embelesada ante el esplendor de sus reliquias, sin saber cuál escoger primero.

Las sobó, las acarició, las recontó, y al cabo se decidió por el puro. Era una colilla de habano de generosas proporciones, atada con bramante rojo a una etiqueta: «Rafael, 7 de febrero de 1978.» El cigarro crujía, estaba reseco y deshojado, como si fuera de papel. Antonia se chupó el dedo índice y procuró pegar las hojas exteriores en su sitio. Se le ocurrió que su saliva se mezclaba así con la de Rafael, con la huella ahora seca de sus labios, y tal pensamiento le provocó una sofoquina y un mareo como de dentro, como en las tripas. Qué dos años aquellos, la etapa rafaelista, cuando ella aguardaba cada día el ruido de las llaves del vecino. Entonces corría cautelosamente a la mirilla para capturar así un instante de su perfil o la golosa envergadura de sus hombros. Verle le veía lo que se dice mal, porque la mirilla era muy turbia. Por eso en ocasiones esperaba durante horas al otro lado de la puerta, en el pasillo, provista de algún camuflaje razonable (la bolsa de la compra, el abrigo, el misal, el monedero), hasta escuchar sus pasos; entonces se precipitaba al descansillo, aturullada, fingiendo una sorpresa desmedida al encontrarle, e intercambiaba con él breves disquisiciones sobre el tiempo, tema este que Antonia sacaba con tanto empeño y que exponía con tanto ardor que el buen hombre debió acabar creyendo que su vecina poseía una intensa vocación meteorológica.

—¿Tiene usted tierras? —preguntó Rafael un día.

—¿Yo? No, no. Mi familia tenía, pero ahora ya no... ¿Por qué?

—No, por nada, disculpe usted, pero es que se preocupa tanto cuando llueve y cuando no llueve, que me creí que sería cosa de la siembra, ya me entiende...

El puro, este cabo de habano mordisqueado, era el trofeo de una jornada cumbre, de aquel día en que Rafael entró en su casa. Se había roto una cañería, la llave de paso parecía haberse soldado con su rosca y la cocina se inundaba por momentos. La magnitud de la catástrofe exigía medidas de emergencia y Antonia llamó al vecino en su socorro. Rafael acudió al instante con una galanura que hubiera bastado para derretir corazones más curtidos que el de ella, y bajo su fuerte mano (ay) la llave de paso cedió con docilidad de mantequilla.

—Es que una casa necesita tanto de la mano de un hombre, si usted supiera... —coqueteó Antonia púdicamente.

—Sí, señora. Y en la casa de un hombre solo se

necesita la mano de una esposa. Dios sabía lo que hacía cuando le sacó la costilla a Adán —contestó Rafael.

Visto lo cual, Antonia le invitó a un café; y aunque estaba turbada por la irrupción de un varón en sus territorios de soltera, se admiró de lo fácil que había sido todo y lamentó que el maldito grifo no hubiera reventado meses antes.

De aquella breve pero intensa experiencia Antonia extrajo conclusiones importantes, a saber: Que a Rafael le gustaba fumar puros. Que era aún más guapo visto de frente que en sus fugitivos escorzos de escalera. Que el pobre era viudo y carecía del apoyo de unos hijos. Que era un hombre bueno, solo y desgraciado. Que ella podría hacerle muy feliz y rodearle del cariño que nadie le había dado. Y, sobre todo, que sin duda él también la quería a pesar de su timidez y su silencio.

Dos meses después de aquel apresurado café, el vecino se mudó de casa sin decir nada, y Antonia dedujo que no fue capaz de despedirse por miedo a mostrar sus emociones.

—Son tan raros, los hombres...

Así se iban de su vida: desaparecían, se perdían en la inmensidad del mundo. Los hombres tenían mucha movilidad. Ella era como un faro, un faro agarrado a una roca, y veía pasar a los hombres, como las olas, siempre hacia alguna parte, siempre yéndose. Como se fue también Tomás. Antonia sacó la siguiente reliquia del cajón, la polvera de latón dorado: «Tomás, 27 de agosto de 1979», decía la etiqueta. Fue un regalo, un verdadero regalo. Se la dio Tomás un día, envuelta en papel de seda blanco. Tomás era un compañero de trabajo de su hermano, y ella le estuvo lavando la ropa durante meses, hasta que un día llegó la novia del pueblo y se casó.

—Así es la vida.

Puso la polvera sobre la cómoda, junto al puro.

En el cajón quedaban aún muchos fetiches, todos con sus bramantes de colores, todos debidamente rotulados. Un recibo de gas del vecino («Rafael, 2 de marzo de 1977») que ella escamoteó hábilmente del chiscón del portero; recetas de su médico de la Seguridad Social («Doctor Gómez, 12 de junio de 1979»), que era el hombre más hombre que ella había conocido, con su bata blanca y sus manos frías y ese modo de mirar de quien lo sabe todo. Cuando cogió una cerilla de cabo aplastado («Agapito, 30 de enero de 1982»), Antonia suspiró turbada. Pertenecía a su último amor, era una de las cerillas con que el frutero solía escarbarse entre los dientes. Agapito, siempre tan sonriente y tan amable, acostumbraba obsequiarle con una pera de más, con un puñado de cerezas sobre el peso. Antonia guardó y etiquetó el primer melocotón que le había regalado, pero con el tiempo se agusanó y tuvo que tirarlo. Agapito era una pasión prohibida, porque el frutero estaba casadísimo. Su estado civil atribulaba a Antonia, que pensaba que enamorarse de hombres sacramentados era cosa propia de un pendón. Claro que los tiempos habían cambiado enormemente, y ahora la gente se divorciaba, y los adúlteros se retrataban en las revistas como si tal cosa. No es que Antonia estuviera de acuerdo con todo esto, pero tal trajín de valores había transtornado su concepto del pecado. Había ocasiones en las que incluso llegaba a preguntarse si no estaría comportándose como una tonta, si no se habría equivocado en ser como era, o sea, tan decente. Cuando llegaba a tales dudas, Antonia corría a confesarse. Pero la confesión no la aliviaba como antes; el mundo había cambiado tanto que ni siquiera la absolución conservaba sus poderes habituales. Y aunque Antonia procuraba no pensar en todo esto, a veces se le venían las ideas a la cabeza, como si fuera un vértigo.

Terminó de vaciar el cajón y después se entretuvo en alisar las etiquetas, que se rizaban por los bordes. Cuando era adolescente coleccionaba flores secas, mientras que las demás chicas del pueblo coleccionaban novios, novios de verdad, de cogerse de la mano y perderse por el río o por las eras. Pero padre jamás le consintió salir con chicos.

—Tú eres mi hija y te tienes que comportar como una señorita, como corresponde a tu clase y condición. Como te vea tontear con algún pelagatos del pueblo, te deslomo —decía padre.

Y aquí estaba, con 44 años y aún doncella. Se contempló en el espejo biselado: el pelo corto y castaño, con el brillo apagado por la permanente; los ojos redondos, la nariz chica, la boca pequeña y perdida en la profusión de los mofletes. Hoy tenía la cara lavada y sin afeites, porque consideraba impropio el usar maquillaje al ir a misa. El cutis, por lo menos, seguía siendo bueno, claro, delicado, uniforme. Su piel era el rasgo físico que más le complacía de sí misma.

Más por pasar el tiempo que por otra cosa decidió pintarse un poco; se empolvó la nariz y ambas mejillas, oscureció en azul profundo el pliegue de sus párpados y resaltó sus labios con un carmín discreto. Analizó los resultados y quedó satisfecha sólo a medias: tenía la cara demasiado redonda y los rasgos demasiado pequeños. Lo más feo, la nariz, que era como un pellizco. Se inclinó hacia delante y se acercó al espejo poco a poco, hasta chocar con él, hasta apretar sus labios contra su propia imagen. El cristal estaba frío y quedó manchado de carmín. Una gota de sudor resbaló por su mejilla derecha y se perdió en el cuello.

—Qué calor...

El aire estaba espeso e inmóvil. El aire de la tarde la apresaba y su cuerpo despedía un vaho tibio y animal. Antonia se desató el cinto de la bata y se aflojó las ropas. Por el escote asomaron los pechos, abundantes, salpicados de pecas, estremecidos en el encierro del sostén. Ahí estaba Antonia, la bata entreabierta, mirándose en el espejo el húmedo canal sobre el esternón, el desfiladero entre sus carnes intactas, virginales. Sintió un escalofrío y el calor se le subió a las sienes de golpe. Se quitó la bata y se tumbó sobre la colcha rosa de la cama, justo debajo de la ventana abierta, intentando atrapar el remedo de una brisa. Al fondo se oía el conocido gorgoteo de la cisterna del baño, rota desde hacía meses, y Antonia yacía boca arriba, muy quieta, incapaz de concentrarse en otra cosa que en el esfuerzo de su propia transpiración. Se desabrochó el liguero y fue quitándose las medias poco a poco, paladeando el momentáneo frescor que la evaporación del sudor dejaba en sus piernas. La colcha era sintética, de imitación a raso, y se pegaba al cuerpo. Se irguió sobre los codos con trabajo y se quitó el sujetador. Volvió a derrumbarse sobre la cama entre jadeos, en parte a causa del esfuerzo. Los pechos se le desparramaron blandamente buscando su acomodo sobre las costillas, y los pezones, normalmente tan secretos, empezaron a hormiguear como locos en cuanto que se encontraron libres. Cuánto calor y cuánto cuerpo, piel protagonista en el bochorno, una apoteosis de epidermis. Con mano derrotada se quitó las bragas, unas bragas de notables dimensiones, muy decentes. Sabía ya lo que iba a suceder y sabía también que era pecado. Como también era pecaminoso el hecho mismo de estar así, en cueros, sintiendo resbalar el aire por los entresijos de su carne. Antonia había comenzado a cometer tales excesos hacía poco, apenas unos años. Su atrevimiento coincidió con el traslado de su antiguo confesor y su sustitución por un cura más viejo. Tan viejo que el hombre era más sordo que una piedra y siempre imponía la misma penitencia, al buen tuntún, cuando juzgaba que la pecadora de turno había consumido un tiempo prudencial para la exposición de sus miserias. Soslayada así la vergüenza de tener que confesar sus toqueteos y asegurada, sin embargo, la sorda absolución a sus faltas, Antonia claudicó y se permitió algunos despendoles. Pero también la culpa tiene grados, y Antonia, para no pecar más de lo estrictamente necesario, no se permitía tocarse con la mano (que eso hubiera sido guarrería muy grave), y se limitaba a fantasear con violaciones, porque juzgaba que la aceptación del sexo, siquiera imaginaria, debía ser un pecado tremebundo.

Volvió hacia la pared el retrato de su hermano Antonio, que la contemplaba ferozmente desde la mesilla (el de su madre no lo volvió porque la pobre estaba casi ciega) y agarró a Lulú, el perro de peluche que conservaba desde niña y que ahora, de mayor, adornaba la cabecera de su cama. Se echó hacia atrás despacio, hasta apoyar la nuca en la almohada: el movimiento desató un terremoto de trepidaciones en sus pechos. Cerró los ojos y se sintió toda sudor y toda carne, la conciencia arrinconada allá a lo lejos y ella flotando en un inmenso mar de calentura. Paseó las roídas patitas de Lulú por encima de sus pezones, ya abultados, y dejó salir a los fantasmas que guardaba secretamente dentro suyo. El timbre de la puerta, ella que abre, un hombrón que asegura ser el fontanero, ella dejándole pasar con inocencia, él que se abalanza sobre ella bruscamente, que le agarra los senos (ay, las tetas), el perro de peluche bailotea por las pecosas protuberancias de su cuerpo, ella se resiste, él le arranca los botones de la bata, ella implora, él la arroja sin piedad sobre la cama, Lulú galopa ya por las proximidades del ombligo, ella se debate, él la desnuda a tirones como quien desuella a un animal, ella grita, él le abre las piernas, durante un horrible segundo en el rostro del fontanero se dibujan los conocidos rasgos del vecino, ella gime y se retuerce, él se baja los pantalones y se saca un sexo enorme, ella se aterra, él la sujeta abierta y ofrecida, Lulú ya está instalada entre los muslos, él se hinca, se la mete, Lulú frota y refrota su despeluchada espalda contra el surco húmedo e hinchado, él se menea bramando barbaridades que Antonia no se atreve a formular, Lulú sube y baja frenéticamente sobando su hendidura, él la posee y Antonia no sabe lo que es eso, se esfuerza en inventárselo mientras Lulú palpita entre sus ingles, él la posee y ella no puede imaginarlo, arriba, abajo, el lomo de Lulú está empapado y ella no puede imaginarlo, arriba, abajo, arriba, abajo, ay.

Antonia recuperó el entorno con aturdimiento: el goteo cansino de la cisterna rota, la tarde caliente, el tacto sintético de la colcha, el trotar de su corazón dentro del pecho, la humedad pegajosa del sudor. Arrojó a Lulú lejos de sí, porque después de estos excesos le repugnaba un poco la dócil complicidad del perro de peluche. El vértigo desaparecía y su lugar iba siendo ocupado por la suciedad y por la culpa. El sol ya estaba bajo, la noche se acercaba. Y entonces, al mirar a través de la ventana, Antonia se dio cuenta del horror: en la azotea, apenas a un par de metros de distancia, recortando contra el cielo su canijo cuerpo adolescente, mirándola muy bizco, exorbitado y quieto, estaba Damián, el silencio sobrino del portero.

# 2

—Está muerto —se asustó Bella.

El chico se sonrió de medio lado, burlón y despectivo. Tenía los labios tan pálidos y abultados que parecían los rebordes de una vieja cicatriz.

—Bah. Ni eso —dijo, arrastrando la ese.

—¿Tú crees?

—Está ciego, está tirado. Es un pringao.

El bulto del suelo rebulló y gruñó, como quejándose.

—Pero está enfermo —insistió ella.

El chico echó la cabeza para atrás, entrecerró los ojos y dejó resbalar la mirada por las mejillas. Era de menor estatura que Bella y no debía gustarle el tener que mirar de abajo arriba.

—Sí, enfermo... Enfermo de mierda —contestó.

Se inclinó y recogió algo del suelo, junto a la taza del retrete. Se lo mostró a Bella abriendo mucho la palma de la mano. Era una jeringuilla sucia.

—Mira, tía, ¿sabes lo que es esto? El biberón de los niños malos.

—Qué asco. Sois todos unos degenerados.

—Menos rollos, tía, menos rollos —rió el chico—. No es peor que otras maneras de matarse. Además a mí me la trae floja, ¿entiendes? Yo he venido a mear. Pasando del asunto.

Se agarró los huevos con ambas manos con gesto provocativo. Llevaba unos pantalones vaqueros muy ajustados y dos tallas más pequeñas que la envergadura de su sexo, o quizá tenía un sexo dos veces más grande de lo que correspondería a su cuerpo adolescente, o a lo mejor es que se metía trapos para aumentar el volumen del paquete. Dio media vuelta, se dirigió a una de las bacinillas de pared y se puso a orinar. Bella desvió la vista, un poco turbada a su pesar. Una tontería, porque el macarrita tendría diecisiete o dieciocho años, era un aprendiz de chulo, un niño, nadie. Podría ser su hijo, si ella hubiera tenido hijos. Se sintió furiosa y con ganas de darle un bofetón en esa cara blanda y a medio hacer. Si ni siquiera había acabado de crecer, el desgraciado.

—Oye, tú, ya está bien. Hay que sacar a éste de aquí —gruñó.

—Y a mí qué —contestó el chico sin volverse.

—Es amigo tuyo.

—Yo no tengo amigos.

Qué asco de lugar, se dijo Bella. Una bombilla pelada en el techo, los azulejos amarillentos y pringosos, olor a meadas rancias. Qué asco de club, qué asco de vida, qué asco de trabajo.

—Pero le conoces.

—Eso sí. Es bueno conocer a todo el mundo. Para saber con quien te andas —dijo el chico subiéndose la cremallera.

El bulto abrió los ojos y dejó escapar una mirada vidriosa y ciega. Era también muy joven, apenas unos años más que el macarrita. O quizá pareciera mayor por lo deteriorado de su aspecto. Estaba lívido, consumido, muy delgado. Se doblaba sobre sí mismo con encogimiento animal y su cabeza rozaba la apestosa aureola oscura que, con el tiempo, se había ido formando en torno a la taza del retrete.

—Éste es un julai —explicó el chico apaciblemente, acercándose a ella—. Un soplón. Consigue el caballo soplando a los maderos. Y le dan mierda, mierda cortada con bicarbonato, mierda en las venas, mierda en el coco. Hace falta ser imbécil. Por eso yo, de picarme, nada. Además el caballo estropea mucho. Chupa los músculos. Como un vampiro.

Y reía y se palpaba los bíceps, escasos e infantiles, que se dibujaban bajo la ajustada camiseta negra.

Estoy harta de todos, pensó Bella. De todos estos chicos impertinentes, y derrengados, y dañinos. Qué generación.

—¿Sabes dónde vive?

—A lo mejor. Pero tendría que refrescarme la memoria.

—Mil pesetas si te lo llevas de aquí.

—Que sea talego y medio. Hay que coger un taxi.

—Está bien. Date prisa.

El chico agarró al otro por los sobacos y lo levantó como un pelele.

—Venga, tío, que nos vamos a casita.

El soplón sonreía y babeaba y decía «sí, sí, sí». Se escurrió de entre los brazos del macarra y cayó al suelo como un saco de patatas.

—Ay va, qué hostión se ha dado —se desternillaba el chico con sus labios como heridas.

—Sí, sí, sí —farfullaba el otro.

Al fin, medio a rastras, medio en volandas, lo sacaron del retrete. Menéndez se asomó sobre la barra y les miró con gesto avinagrado.

—¿Qué pasa?

—Nada —contestó Bella—. Dame 1.500 pesetas.

—¿Para qué?

—¿Prefieres que avisemos a la policía?

Menéndez calló y rebuscó el dinero en la caja, refunfuñando:

—Parásitos, gentuza...

El chico cogió los billetes sin dejar de reír y salió del club acarreando su destrozo.

—Y tú, Bella, ¿aún estás así? A ver si te pones a actuar de una vez —barbotó Menéndez.

—Entré en los servicios a cambiarme de traje. Si

arreglaras el servicio de mujeres no tendría que perder el tiempo con estas cosas.

Así iba todo en el Desiré. Lo que se rompía ya no se recomponía. El club se deshacía en el olvido, se pudría como un cadáver gigantesco. Las bombillas rotas, la moqueta alternando peladuras y costras de añejas vomitonas, el retrete femenino atrancado con mierdas milenarias. Y esas palmeras de la decoración, anémicas de color, con el cartón despellejado y despuntado.

—Señorasssss, señoressssss, distinguido público, muy buenas noches, bienvenidos al Desiré Club. Y hoy con un saludo muy espesial a todos los Luises, en su día. Y a las Luisas también, naturalmente, no nos olvidemos de las señoras. Para ellos, muchas felisidades, y para todos ustedes mi deseo de que pasen una velada muy, muy agradable. Con unas copas, con amigos, y con un poquito de música. Vamos a empesar con ese conosido bolero que inmortalisó Olga Guillot y que se titula... «Lo nuestro es vida.»

Cuando actuaba, y sólo entonces, Bella Isa siempre salpicaba de eses su castellano, porque consideraba que eso le daba al asunto un toque chic y tropical. Se subió el tirante del vestido, que se escurría por encima del hombro izquierdo y atrancaba su brazo a la altura de la vacuna. «Éste es el contraste de calidad, nena, como la plata», le había dicho años atrás Macario, uno de sus primeros novios, refiriéndose a la hundida cicatriz virólica. «Es la marca de la ganadería, todas las terneras tenéis que llevar hierro para que cuando os escapéis no se os confunda», le chuleó otro tipo mucho tiempo después, aquel bruto de quien no quería acordarse. —Buf, los hombres... —murmuró Bella para sí con el tono definitivo de quien lo dice todo.

Se lamió la pequeña mella del diente con gesto mecánico: le producía cierto placer apretar las mandíbulas y dejar pasar saliva a presión por el agujero, empujándola con la lengua. Ajustó el ritmo en el melotrón y el aparato comenzó a palpitar con su chispún chis-pún chis-pún de batería artificial, como un animalito dócil. Lo nuestro es vida, espasio y tiempo, un sol que brilla y un firmamento, un río que canta, es mar y es playa, es brisa y viento. En la penumbra del local no debía haber más de una docena de clientes. Viejos nostálgicos, jóvenes drogados, adultos solitarios y borrachos. Lo que se dice un público selecto, el sueño dorado de toda artista. Lo nuestro es alma, es risa y llanto, confiansa y selos, es noche y luna, es lluvia y fuego, porque lo nuestro es amor, amooooor.

—T'iba yo dar a ti amor, tía buena, te se iba a chorrear por las orejas —barbotó desde la sala un animal empapado en ginebra.

—Pero, encanto —zumbó Bella—, ¿tan pocas roscas te has comido que todavía no sabes que no es por las orejas por donde se hace eso?

Menéndez seguía agazapado tras el mostrador, allá a lo lejos, devorando su eterno libro, las novelas pornográficas que él camuflaba entre tapas falsas, con tan poca pericia que llevaba siete años con las mismas cubiertas, siete años sospechosamente embebido en un *Los tres mosqueteros* inacabable, pasando hojas a toda velocidad y mostrando cierta tendencia a refrotarse frontalmente contra el fregadero, el muy cochino. Junto a él, un neón parpadeante iluminaba dos hileras de botellas llenas de polvo y el mural de detrás de la barra: una playa, cocoteros, tres negras desnudas de pechos descomunales y borrosos. Con el tiempo, la pintura había engordado y se descascarillaba fácilmente. De todas maneras nunca fue un buen dibujo: las gaviotas parecían bombarderos y el barquito que se perdía en el horizonte tenía el inconfundible aspecto de un zapato. Lo nuestro es vida, minuto eterno, es primavera, también invierno, lo nuestro es todo y todo es nuestro, porque es amooooor, amoooooor, aaaa-moooooooor.

Sonaron unas palmas solitarias a lo lejos, apagadas por el ruido de las conversaciones, y Bella, adivinando al Poco tras el aplauso único, envió una sonrisa agradecida y ciega hacia las sombras.

—Grasias, grasias, distinguido público, por su cariñosa ovasión —añadió vengativamente a la alcachofa del micro—: Ahora voy a tener el plaser de interpretarles una bonita cansión que se titula... «Nesesito un corasón que me acompañe.»

Éste era un tema que le gustaba especialmente. Y también le gustaba cantar, aunque a veces lo olvidara. Pero interpretar boleros en el Desiré era como hacer juegos de manos en un asilo de ciegos: nadie hacía caso. Con el tiempo, Bella había aprendido que ser artista era algo muy distinto a lo que imaginaba siendo niña. Y eso que ahora, por lo menos, estaba el Poco, que era un tipo muy raro pero que de boleros sabía más que nadie. Era un espectador de lujo, experto y entrenado.

—Necesito un corasón que me acompañe, que sienta todo, que sea muy grande, que sienta sobre todo lo que siento, no importa del color que lo hayan hecho, yo quiero un corasón que me acompañe, que meá-compañeeee...

Qué letra tan bonita: un corazón que sienta sobre todo lo que siento, ésa era la cosa, el meollo, el intríngulis de la vida. Eso era lo que ella echaba de menos cuando se despertaba a las tres de la tarde, con la sábana sudada y enrollada a las caderas: en el patio reverberaba el ruido de platos de las comidas familiares y ella extendía el brazo a tientas hacia la mesilla, para desayunarse con el humo del primer cigarrillo. O cuando salía del club de madrugada y la calle olía a basuras, a la huella de los pasos diurnos, a miedo de hembra sola en calle oscura. Entonces atravesaba la noche en un trote, perseguida por un barrunto de amenazas, y su portal, de día tan próximo al Desiré, parecía a esas horas lejanísimo. El mundo no estaba hecho para mujeres solas, reflexionó Bella, a pesar de todo lo que dijeran las feministas esas. Y, sin embargo, pese a estar convencida de esa verdad tan grande, ella llevaba largo tiempo sin varón. Porque, sí, tu hombre puede esperarte a la salida del trabajo y defenderte de los peligros callejeros, pero, ¿quién te defiende luego de tu hombre? Mejor sola que mal acompañada. En realidad ella no se podía quejar: estaba sana, tenía casa y trabajo, disfrutaba cantando. Que más quisieran muchas de las que empezaron con ella y acabaron quien sabe cómo. Ahora mismo, por ejemplo, ella era lo que se dice feliz interpretando este bolero tan bonito, yo quiero un corazón que me acompañe.

—Que me acompañe hasta el final de nuestra vida original y que me quiera de verdá, que me quiera como yo también lo quiera, que dé su vida por mi vida entera, que llene de carisias mi ternura, que diga que me quiere con locura, yo quiero un corasón que me acompañe, que me acompañeeeeeee.

Chin-pún. Se bajó del estrado y se enfundó en su guardapolvos color ciclamen, para proteger el traje de estrella mientras atendía la barra.

—Estás muy callada hoy, Bella —dijo el viudo de los ultramarinos de la esquina, que era asiduo.

—Para lo que hay que decir...

Menéndez se sirvió un agua tónica y se retiró a un extremo del mostrador agarrado a su libro. Era un hombre menudo y esquelético, con la incongruencia de una barriguilla puntiaguda, más propia de desnutrición que de filetes. Tenía una piel amarillenta que dejaba entrever la pereza de su hígado, y la boca torcida y perennemente apretada de quien padece mala dentadura o mala leche. Tenía también una mujer y tres hijos pequeños que jamás habían aparecido por el local, y un desmedido afán de probidad que le hacía sulfurarse cada vez que oía un taco, empalidecer ante el estallido de una blasfemia y regir el mortecino Desiré con las mismas ínfulas con que dirigiría el baile de Principiantas de la Ópera de Viena. Bajo su mano, el Desiré, un antiguo y sólido bar de putas, se había ido deslizando a tierra de nadie, hasta convertirse en un club fronterizo de barrio fronterizo, un local carente de ubicación y de color, de cuyos escasos y heterogéneos clientes siempre podía caber la sospecha de que hubiesen entrado por azar, en una urgencia urinaria o a la captura de un teléfono. Bella llevaba en el Desiré ocho años, entró con la antigua dueña justo poco antes del traspaso, y Menéndez siempre había sospechado que ella era algo puta.

—Mejor me hubiera ido si lo fuera.

Entonces, al principio, las palmeras estaban repintadas y el cartón relucía muy verde y vegetal. Entonces era un local decente, y no como ahora. Ahora los chulitos grababan a punta de navaja las patas de las mesas, y los viejos mojaban de incontinencia los sillones, y los quintos llenaban el aire con un pestazo a sudor de soldadesca, y un día dos adolescentes se pusieron a hacer el amor en el servicio en desuso de mujeres, y últimamente empezaban a venir drogadictos desperdigados y silenciosos a inyectarse veneno en el retrete. Un asco.

—Dame un paquete de uíston, tía.

Era el macarra que antes se había llevado al tipo enfermo.

—Son 140 —dijo Bella, poniendo la cajetilla sobre el mostrador.

—¿Y para los amigos? —contestó el chico sujetándola por la muñeca. El muchacho tenía la mano morena y caliente.

Bella se soltó con desabrimiento.

—Creí que no tenías amigos. Son 140 pesetas.

¿Qué pintaba ella allí, por qué seguía Menéndez contratándola? Cantante de boleros en un mundo en el que ya no se llevaban los boleros. Ni ella ni el Desiré tenían futuro. El club iba cada vez peor y de continuar así pronto tendrían que cerrarlo.

—Has cantado muy bien hoy, Bella.

—Ay, Poco. Me has asustado. Gracias.

Le ponía nerviosa la costumbre que tenía el Poco de desplazarse como una sombra, sin hacer el menor ruido: de repente aparecía encima de ella, con su voz rasposa y su fría e inexpresiva cara de lagarto. El Poco encendió uno de sus apestosos cigarrillos de picadura: protegía meticulosamente la llama del mechero con la mano, como si en el interior del Desiré soplara un huracán.

—¿Quieres un trago? —preguntó Bella.

—Gracias.

Le sirvió una copa de coñac y dejó la botella en el mostrador.

—Pues sí señor, has cantado muy bien. Como Eydie Gorme en sus mejores tiempos.

—Oye, Poco, ¿es verdad eso de que has trabajado en el Tropicana?

—¿Te extraña? —preguntó él con una sonrisa aguada.

Bella se sonrojó. Sí, le extrañaba. No podía creer que ese hombrecillo hubiera estado en el Tropicana, de La Habana, de Cuba. En el Tropicana que era el mejor cabaret del mundo, el palacio del bolero, la meta de sus sueños. Cuando aún tenía sueños, hace años.

—Pues sí. Es verdad. He trabajado allí. Pero hace mucho tiempo de todo esto.

Era un tipo raro, el Poco. Un día había llegado al Desiré acarreando una bolsa negra de plástico, como salido de la noche y de la nada. De eso hacía tres meses y la bolsa seguía en el guardarropa y el Poco seguía en el local. Se quedó, así de simple. A veces servía copas, pero en general no hacía nada, sólo beber y estar ahí. Bella suponía que Menéndez le había contratado como portero o como guardaespaldas, aunque en el club había pocas espaldas que guardar.

—¿Y qué hacías allí? —preguntó Bella.

—Era feliz.

—Quiero decir que de qué trabajabas.

—Escribía boleros. Y era jefe de sala. O sea, jefe de matones. Siempre se me ha dado bien eso, ser matarife. Lo único que he hecho bien en mi vida ha sido matar. No tiene ningún mérito, es la cosa más fácil del mundo.

—Qué cosas dices, hombre... —bromeó Bella.

Pero se estremeció. El Poco tenía algo secreto e inquietante. No era alto, pero poseía un cuerpo correoso, de músculos duros, como abrasados. La edad indefinida y la cabeza grande, con el pelo cano cortado a cepillo, el cogote bestial y un rostro de piel roja y maltrecha, vacío de expresión, aletargado. Vestía una sucia camiseta marrón de manga corta; sobre el bíceps tenía tatuada, en bicolor, la frase «Poco ruido muchas nueces» a la que debía el sobrenombre, y la leyenda se encogía y estiraba en su orla, retorciéndose como una cosa viva al compás del movimiento del músculo.

—Aquello fue hace muchos años —dijo el Poco lentamente con su voz de estrangulado.

Apuró el coñac de un trago y se sirvió otra copa. El cigarrillo se había apagado y ahora colgaba pegado a la cascarilla de sus labios, ensalivado y amarillento.

—Hace muchos años. Era cuando yo tenía tiempo todavía. Ahora ya no tengo tiempo, se me ha acabado. Ya no hay horas, ni días, ni mañanas, ni noches. Todo es lo mismo. Esto es lo más difícil de soportar. A veces me parece que me vuelvo loco.

—Qué gran verdad es ésa, Poco.

Qué gran verdad. Bella nunca lo había pensado así, así de bonito y de bien dicho, pero lo sentía como suyo. También a ella se le había acabado el tiempo. Ni se dio cuenta de cuándo fue, de cómo. Pero hacía años que no tenía recuerdos, hacía años que todos los días eran el mismo día, que las semanas se confundían las unas con las otras. Hacía años que había dejado de esperar que sucediera algo. Y ahora el Poco lo había expresado tan bien. Como si la hubiera visto por dentro. Ese Poco extraño, y viejo, y feo, y algo repugnante. Como si la conociera toda. Sintió un hormigueo en la boca del estómago, una blandura en las rodillas.

—Nesesito un corasón que me acompañe, que sienta todo, que sea muy grande, que sienta sobre todo lo que siento... —canturreó Bella para sí.

El Poco se había retirado a su territorio habitual, al chiscón del guardarropa: solía acabar las conversaciones abruptamente, sin avisar. Los últimos clientes se estaban marchando. Se fue el macarra, contoneándose en sus pantalones demasiado pequeños. Se fueron los dos jubilados del fondo. Se fue la señora de pelo gris que solía venir todas las noches, sola, con una bolsa de la compra que chorreaba lacias hojas de acelgas, a beber una copa de moscatel de madrugada. Bella terminó de colocar los vasos en el anaquel y se enjugó después las manos con el guardapolvos. Atusó su moño con gesto mecánico, se quitó la bata y tironeó de la falda hasta ajustarla sobre las carnosas caderas: estaba cansada y no tenía ganas de cambiarse de traje.

—Buenas noches, Poco.

—Buenas noches.

Salió del Desiré y se detuvo un momento en la puerta, indecisa. Olió el aire de la madrugada y lo encontró raro, con un espesor distinto al habitual. Debe ser por el comienzo del verano, se dijo. Pero la calle estaba vacía y oscura, había algo maligno en el ambiente. A lo lejos sonó un estallido seco, quizá un disparo: rebotó en el silencio desde unas manzanas más allá, desde el corazón del barrio chino. Se estremeció y entró de nuevo en el club, amedrentada sin razón, como cuando era niña. Se quedó de pie frente a la barra sin saber qué hacer, intentando encontrar una excusa para disimular lo ridículo de su regreso. El Poco se la quedó mirando con cara de saber. Salió calmosamente de su chiscón.

—Te acompaño a casa, Bella.

Menéndez, que estaba haciendo caja, levantó la cabeza:

—¡Eh, espera, no puedes irte, tienes que cerrar! —graznó.

Pero el Poco ni siquiera se volvió a mirarle. Cogió a Bella por el codo y la empujó con suavidad hacia la puerta.

—Vamos.

Recorrieron las calles sin hablar, mientras ella preparaba mentalmente mil excusas amablemente disuasorias, porque el Poco tenía un aspecto sucio, y la piel como enferma, y a Bella le daba asco acostarse con él. Pero cuando llegaron al portal el hombre se limitó a acariciar ligeramente su mejilla con un dedo calloso que raspaba.

—Que duermas bien, mujer.

Y cuando el Poco dio media vuelta y se alejó menudo y reseco por la acera, Bella se quedó pensando, incongruentemente, que casi lamentaba que se fuera.

# 3

—Es el amor, pregunto yo, una inquietú, una an-
siedá... Sentir latir el corasón con desesperasión por
tiiiiiiii... Estoy enferma de contar las horas, que aún
me faltan, para verte a solaaaasss... y con mis besos
entregarte todo, todo mi quereeeeerrrrr...

—Isabel...

—Uy, vaya, chica, no te había visto. ¿Qué haces
aquí? ¿Estabas esperándome? ¿Por qué no has pasado dentro?

—No, estaba... Salí a dar una vuelta y... Me he
acercado a las rebajas y después...

—Mira, yo las únicas rebajas que conozco son las
de mi sueldo, o sea, que ni pa pipas, chica, ni pa
pipas... Anda, pasa y te tomas una copa.

—No, yo copa no.

—Venga, mujer, no seas tiquismiquis, que uno
no se condena por tan poca cosa.

—No, si yo ya me iba, de verdad...

—¿Sabes que tu hermano viene mucho por aquí?

—¿De verdad?

—¡Pero mira que eres boba! Deja de volverte
para todos lados, que nunca viene por las tardes.

—Ah...

—Suele asomar las orejas a eso de las doce... Y
además, ¿qué importa que te vea?

—...

—Pues qué sorpresa el encontrarte aquí, Antonia, al principio ni te he reconocido...

—...

—Bueno, chica, ¿te has quedado muda o qué? Estás como alelada, con un flas, como dicen los modernos.

—A lo mejor te... te estoy interrumpiendo.

—No me interrumpes... Sí, sí me interrumpes, la verdad, si te quedas ahí como una pasmada. Venga, pasa adentro y charlamos un ratito mientras me cambio de ropa, que ya es tarde.

—No, de verdad, no quisiera molestar.

—Y dale con la molestia... Qué antigua eres, hija, sigues tan agonías como de niña. Anda, pasa y no seas ñoña. Claro que si te da vergüenza entrar al club en el que trabajo, pues me lo dices a las claras y tan amigas, rica.

—Uy, no, no, Isabel, qué dices...

—¿Sabes que hacía años que nadie me llamaba Isabel? Ni tu hermano me llama así... Me haces sentir viejísima...

—Qué va... Estás muy guapa...

—¿Guapa? Mira, mira qué caderas... Mira qué tripón... Estoy gorda como un cerdo. Pero me da igual, mira. A quien no le guste, que se rasque. Y además les gusta, joder que si les gusta... Los hombres se pirrian por unas buenas agarraderas, tú ya me entiendes...

—Jesús, Isabel, qué cosas dices...

—Pues tú tampoco estás nada mal.

—Yo... Yo estoy feísima.

—Qué va. Lo que pasa es que vas hecha una pena. A dónde vas con mangas, con el calor que hace... Y luego te sobra tela como para el faldón de una mesa camilla, es que eres un desastre... Pareces del siglo pasado, estás hecha una carroza...

—¿Una qué?

—Lo que tienes que hacer es ceñirte la cintura, así, para que resalten las caderas... Y desabróchate el cuello, mujer, que se te vean ese par de tetas tan hermosas...

—¡Deja, deja, por favor!

—Bueno, bueno, ya te dejo, sigue cociéndote, si quieres, que por mí... ¿Sabes qué te digo?

—¿Qué?

—Que nunca pensé que vinieras a verme. Cuando te encontré el otro día te di la dirección del club no sé por qué, porque estaba segura de que no vendrías.

—¿Por qué?

—No sé... Eres tan rarita... Y la verdad, Toñi, con tanta misa y tantas monsergas siempre me has mirado como por encima, las cosas como son.

—No, no, yo no...

—Bueno, pues a mí me lo parecía, chica, qué quieres que te diga... ¿Y qué? ¿Sigues soltera y sin arrimarte a nadie?

—Isabel, por Dios...

—No, si a lo mejor hasta tienes razón, porque para las cosas a las que una se tiene que arrimar... Uuuuuu, ya han encendido el luminoso, yo me tengo que cambiar. ¿Entras o no?

—No, no.

—Bueno, pues yo me tengo que ir, guapa. Ya sabes donde me tienes, pásate por aquí otro día con más tiempo.

—Isabel...

—¿Qué?

—...

—Antonia...

—Blurup.

—Pero chica, ¿qué te pasa? Pero si estás llorando...

—Hiiiiiii...

—Venga, mujer, tranquila, ¿qué te ocurre?

—Nnnnnnssssssss...

—¿Cómo dices?

—No... sé...

—Acabáramos... Te pones como una magdalena y no sabes por qué...

—Nooooo...

—...

—Es que no sé qué me pasa, sabes... De repente me pongo a llorar así, sin venir a cuento, no sé...

—Bueno, bueno...

—Es como una pena muy grande, no sé...

—¿Pero pena de qué?

—No sé, una pena por dentro, una pena que me quisiera morir, Dios me perdone...

—...

—Ya estoy mejor. Perdona.

—No seas boba. Toma, suénate.

—Frrrrrunf.

—¿De verdad que estás mejor?

—Sí, sí. Después me quedo más tranquila.

—¿Has ido a ver al médico?

—¿Para qué?

—Yo qué sé, a lo mejor es falta de vitaminas.

—Bueno, sí... Iré a ver al doctor Gómez.

—Eso. Mañana mismo te vas al médico, y ahora te vienes conmigo y te tomas una copa, que te vendrá de perlas. Hala, venga, que invito yo.

—No, Isabel, gracias, no, de verdad, me voy a casa.

—¿Seguro?

—Sí, sí, seguro.

—Es que yo tengo que actuar, debería estar dándole ya a la tecla, y seguro que Menéndez está al loro y me da la bronca...

—Vete, vete, no te preocupes, perdona, muchas gracias.

—Como eres de redicha, hija... No hay nada que perdonar y nada que agradecer. Anda, Toñi, guapa, anima esa cara y prométeme que vendrás a verme otro día. ¿Lo prometes?

—Sí.

—¿De verdad?

—Te lo prometo.

# 4

Se quedó inmóvil durante unos segundos, con el cepillo de dientes suspendido en el aire y el ceño contraído, intentando dilucidar si ya se había cepillado los premolares las diez veces de rigor o si le faltaba una pasada. Había dormido mal y se encontraba en un estado mental lacio y confuso, de ahí ese despiste numérico que de otro modo sería inexplicable. Decidió darse un frote más aunque la cuestión distaba de estar clara, y esa falta de exactitud le irritó y ensombreció aun más su talante encapotado.

—Empezamos bien el día.

Limpió con papel higiénico la boca del tubo (era un dentífrico especial, inodoro, analérgico e insípido) y enroscó la tapa con cuidado. La precisión de sus movimientos le reconcilió un poco consigo mismo: siempre le complacía ver sus manos en acción, esas finas, esbeltas, sensibles manos de artista. «Tranquilízate, Antonio», se dijo, enternecido ante su propia desazón: «Hoy toca día de prueba y debes concentrarte.» Acabó de vestirse con premeditada calma, mientras echaba una ojeada al organigrama chinchetado en la pared: el cuadratín correspondiente al viernes 28 de mayo decía: «Julia Torres de Urbieta. 2754475. Pelayo 27. Río de Janeiro, hasta el 3 de junio.» O sea, que tocaba. Sonrió con satisfacción y apuntó el número en su agenda de bolsillo. Los relojes marcaban ya las nueve menos veinte: debía apresurarse o llegaría tarde; como los días de prueba no desayunaba, había tomado la costumbre de aprovechar ese tiempo para dirigirse andando a la oficina, evitando así el atufamiento del trayecto de autobús.

Pese a lo temprano de la hora la mañana estaba como un caldo. Antonio caminaba a paso vivo (diez zancadas sin pisar raya de loseta, diez pisando) y llegó a la Delegación Nacional de Reconversión de Proyectos empapado en sudor. Subió a pie al tercer piso y atravesó el infinito pasillo, sorteando con habilidad las pilas de infolios y legajos que se acumulaban inestablemente contra las paredes. La siempre creciente marea de papel iba ocultando poco a poco los muros, que estaban llenos de cráteres de cal y de inscripciones todavía legibles, como «Mari quiere a Norberto» (escrito en titubeante orla en torno a un corazón) o «El jefe de negociado es un pollino», pintada esta que encorajinó a Antonio porque él ostentaba esa categoría laboral; claro que jefes de negociado había muchos, y por otra parte no creía capaz al imbécil de Benigno de cometer tropelía semejante. Se propuso investigar el asunto a su debido tiempo y apretó el paso para alcanzar su puerta, porque en el corredor reinaba, como siempre, un olor dulzón y putre a moho que le era difícilmente soportable.

—¡Pero Benigno, hombre! Ya ha estado usted fumando otra vez —exclamó Antonio nada más cruzar el umbral, hundiendo la nariz en el aire—. Y para colmo en un día de prueba.

El secretario palideció y se puso de pie.

—No, no, don Antonio, ha sido el ordenanza. El ordenanza tuvo la osadía de entrar fumando esta mañana y yo, naturalmente, le dije que se fuera, que a usted no le gustaba el humo, que...

—Benigno, por favor. Sé que ha sido usted. No me tome por tonto.

Antonio se derrumbó en su sillón y metió la cabeza entre las manos. De repente le pesaban muchísimo los pensamientos, le sofocaba la melancolía. Se sabía rodeado de incompetentes y de necios, se sentía irremediablemente incomprendido. Tampoco pedía tanto, sólo un poco de respeto. Pero conociendo el quebranto que el olor rancio del tabaco producía en su delicada pituitaria, Benigno no dudaba en llenar el despacho de humos fétidos. Lo que más angustiaba a Antonio de la vida era la mediocridad y la estupidez humanas. A veces se veía tan diferente, tan distinto al resto de la gente, que sufría como un vértigo, algo parecido a la locura.

—No sé ya cómo decírselo, Benigno —añadió levantando la cabeza desde lo más profundo de su postración—. Sabe usted perfectamente lo que me afecta el humo. Su actitud es de una falta total de consideración. Me parece que tampoco pido tanto, vamos.

El viejo se parapetó detrás de la muralla de expedientes de su mesa y asomó un ojo compungido y lacrimoso:

—Sí, don Antonio, sí, tiene usted razón. He sido yo, lo siento, le pido mil disculpas. Ha sido un impulso irresistible, una tentación irrefrenable, la carne es débil aunque el espíritu sea puro. He coincidido en el ascensor con don José, el cual me ofreció un cigarrillo que yo he tenido la desdicha de aceptar. Le juro, don Antonio, que sólo he dado dos chupadas, y que además después he abierto la ventana y durante largo rato he estado agitando el aire de la habitación usando mis brazos a modo de molinillo. Pensé que no iba a darse usted cuenta de mi falta, que por otra parte no se repetirá jamás... Pero a usted es imposible engañarle.

Palabrería. Cada vez que abría la boca, a Benigno le brotaba un bosque de adjetivos, un torrente de arcaísmos, un manantial de insensateces. Y su manera de adular, esa humillante adulación del débil. A veces le odiaba con tal intensidad que ese odio parecía ser razón suficiente para su existencia. Como ahora. Qué placer sería agarrarle del cuello, apretar y apretar sintiendo como tiembla la frágil estructura de su tráquea, cómo se agita Benigno en estertores, como se hinchan las venas de sus ojos, como babea mortal y agonizante. Antonio hubiera deseado aniquilarle con su superioridad moral, pero Benigno no entendía de otra escala de valores que la del escalafón y la jerarquía oficinista.

—Déjese de palabras, Benigno. Esto es un problema de educación, de falta de educación...

—Pero don Antonio...

—No he terminado todavía.

—Sí, don Antonio.

—De falta de educación y de falta de respeto. Me veo en la obligación de recordarle que soy su jefe. Parece que usted lo olvida fácilmente.

El secretario se quitó las gafas y las limpió con mano temblorosa, confundiendo quizá el empañado de sus ojos con el de los cristales. Se acurrucaba en su mesa mirándole con la mansedumbre de quien se siente desgraciado. Porque el viejo era pegajoso y húmedo en su dolor. Él, en cambio, se dijo Antonio con orgullo, reaccionaba violentamente a la desdicha, porque quien ha vivido el éxtasis no admite sucedáneos.

—Está bien, Benigno. No perdamos más tiempo. Pasemos a la prueba.

—Sí, don Antonio.

El anciano se apresuró a sacar los útiles del cajón, con discretos y compungidos sorbetones: las pinzas niqueladas, los doce pequeños rectángulos de papel químico, previamente numerados. Colocó torpemente los papelines en la pinza, disponiéndolos a modo de abanico, y luego ofreció el ingenio a su jefe. Antonio sujetó el artilugio entre dos dedos, como quien coge a una mariposa por las alas. Cerró los ojos: estaba desconcentrado, en un talante poco apropiado para la ejecución del ejercicio.

—Probador uno —y aspiró el papel con inhalaciones cortas y ansiosas—: Una nota de guayaco, otra de pachulí, lichens del Atlas, canela, ylangylang, jazmín de Grasse, bergamota y jacinto blanco.

—Sí, sí, don Antonio, exacto —chilló el viejo con satisfacción, verificando la composición en la cuadrícula del cuaderno de balances que utilizaba para estos menesteres olfativos.

Antonio sonrió ligeramente e hizo un gesto tranquilizador con la mano, como quien pide mesura a una muchedumbre entusiástica.

—Número dos: ámbar gris, lavanda, lilas, de nuevo bergamota, limón de Sicilia, hespérides, narciso tuberoso, jengibre... —dudó unos instantes, olisqueando el papel con avidez—: Y bálsamo de Perú.

—Oh, no, lo siento, don Antonio —se consternó Benigno—. No es bálsamo de Perú, sino bálsamo de Tolú. Y además falta una nota de angélica.

—Ya sé que falta una nota de angélica, diantres —barbotó Antonio indignado—: Es que no me ha dejado usted terminar.

—Perdone, don Antonio.

—Y además el error ha sido a causa del tabaco, ¿se da usted cuenta? Ya sabe que los días de prueba vengo sin desayunar y estoy particularmente sensible.

—Sí, don Antonio, le pido mil disculpas, lo lamento profundamente.

—Está bien. Prosigamos.

Cerró los ojos e intentó relajarse, perder la noción de sí mismo y concentrarse por entero en las paredes ricamente vascularizadas de su nariz. Poco a poco se fue olvidando de sus piernas, de sus brazos, de su malhumor, del calor de la mañana, de Benigno, para convertirse todo él en una colosal membrana pituitaria que palpitaba sin tiempo en el espacio, aspirando las tenues esencias del vivir. A su nariz llegaban las fragancias de los papeles químicos, limpias, livianas, distintas: el delicioso aroma chiprado del melocotón, la dulzura mareante de la vainilla y el seco estallido del especanardo y del cedro, que olían al eterno corazón de la madera, al ancestro de todo lo que ha sido. Uno a uno, sin vacilación, como en un rapto, fue descifrando todos los probadores, desentrañando las notas ocultas en las tramas. Al final, los aplausos de Benigno, no por habituales menos entusiastas, le sacaron de su embeleso. Antonio se pasó una mano insegura por la cara, como comprobando que su rostro seguía aún ahí después de tamaña ausencia de sí mismo, y se sintió agotado de tanto vivir. Tenía la garganta seca y la lengua de harina.

—Algún día, Benigno —susurró tembloroso y desmayado—, inventaré un perfume distinto, una fragancia absoluta, una esencia extraída de la esencia de las cosas. Y al olerla, olerás el aliento del mundo.

Y hablaba en un tono profético y poético, porque después del éxtasis de las pruebas solía quedársele el cerebro como agrandado por dentro, veloz y luminoso.

—Sí, don Antonio, tiene usted muchísima razón. Comprendo bien sus sentimientos porque yo mismo, en mi modestia, sin ir más lejos, tengo terminadas, como usted bien sabe, tres novelas históricas, una obra de teatro y un volumen de versos asonantes, y, salvando las naturales distancias, algo sé de los afanes del artista. Incluso me atrevería a decir, desde mi humildad, que mis escritos no carecen de importancia. Por ejemplo, la novela épica que acertadamente titulé *De la heroica resistencia de los ampurdaneses contra las tropas invasoras del corso Bonaparte* ofrece a mi entender una novedosa visión trágica de...

Romper la novela del corso en pedacitos e irlos

embutiendo poco a poco en la desdentada boca de Benigno, el viejo lloriqueando y tragando folios a la fuerza, un hilillo de tinta en la barbilla. La verborrea del secretario iba apagando la luz de su cabeza, iba devolviendo a Antonio a la mezquina realidad, al viejo despacho, a la ventana que se abría sobre el recalentado patio como se abre la portezuela de un hornillo, a la tediosa vida del burócrata, que era su locura y su condena. Todo su futuro estaba ahí, entre esos muros, en un vértigo de años grises y horas muertas. Si hubiera podido terminar su carrera en químicas ahora sería un oledor profesional, un «hombre nariz» contratado por alguna prestigiosa firma de perfumes, y su arte sería reconocido, y dispondría de todos los medios necesarios, hasta el punto de poder efectuar una sesión de pruebas cada día, y no como ahora, que era semanal y a duras penas, porque las fragancias y los extractos son muy caros. Pero no pudo acabar sus estudios y ése fue el comienzo del desastre. Maldito padre derrochón, maldito viejo verde trasnochado.

—Y por cierto, don Antonio, y si se me permite, hoy no le he preguntado por su señora hermana, doña Antonia, a quien tanto aprecio, en mi modestia. ¿Qué tal se encuentra la señora? Espero y deseo de todo corazón que goce de buena salud y que...

Hablaba y hablaba Benigno mientras se refrotaba las manos con su crispante gesto habitual, como si tuviera frío a pesar del bochorno del ambiente. Claro que el secretario siempre tenía las extremidades congeladas, incluso en la estación más tórrida, como Antonio había podido comprobar a través de algún roce casual —al entregarle un oficio, una carpeta, un bolígrafo— y siempre un poco repulsivo, porque Benigno sufría esa viscosa frialdad digital de los muy viejos, de los avecindados con la muerte. Llevaba siempre el mismo traje, originariamente negro y ahora aparduscado, tan raído que, a contraluz, la urdimbre se traslucía con la finura de un velo; la camisa, de un blanco amarillento, tenía un cuello tres veces más grande de lo necesario, y la nuez bailoteaba a sus anchas dentro de tamaña holgura. No cabía duda de que el hombre se las apañaba para ir limpio pese a llevar siempre el mismo traje, se dijo Antonio con alivio. Pero de todas formas su olor corporal era tan ruinoso como él mismo: un tufillo desvaído a alcanfor, leche agria y gachas.

Así es que Antonio le envió a comprar el desayuno, por no matarle. En cuanto que el viejo salió del despacho, Antonio sacó la libreta de bolsillo y se abalanzó sobre el teléfono.

—Buenos días, ¿está el señor Urbieta?... Soy Félix Montoya, un amigo suyo... Ah... Ya... Qué pena... En Río de Janeiro... Claro... ¿Eres Julia?... Sí, es que me ha hablado mucho de ti... Me permitirás que te tutee, tu marido y yo hemos sido amigos desde chicos... Félix, Félix Montoya... No me extraña que no te suene, hace mucho que no nos vemos, no vivo aquí... Pues estoy precisamente de paso y quería darle una sorpresa, pero ya veo que... No, no, me marcho antes del día 3, es una lástima... Oye, de todas formas te voy a dejar un regalo que le he traido... No, no, te lo llevo a casa, no te preocupes... ¿Seguís viviendo en Pelayo 27, verdad?... No, no es ninguna molestia el acercarme, de verdad, además así te conozco, porque tú estarás, ¿no?... Por mí esta misma tarde, si a ti te viene bien... Perfectamente... Sí, sí, a las cinco... Gracias, Julia, hasta esta tarde... Ah, si llama y hablas con él no le digas nada, que quiero que se encuentre el regalo de golpe, a ver qué dice... Sí, sí... Estupendo... Hasta luego.

Colgó el teléfono atolondradamente, muy nervioso, y permaneció inmóvil durante unos segundos, aparentemente embebido en la contemplación de un archivador metálico que tenía frente a sí. Cuando regresó Benigno le encontró así, en esa quietud meditabunda. Venía el viejo todo salpicado de café y haciendo malabares con las tazas. Tenía las manos tan temblonas que la mitad del líquido había sucumbido en el trayecto.

—Su café con leche, don Antonio.

—Gracias.

El secretario sacó una servilleta de cuadros rojos del archivador y la extendió pulcramente sobre su mesa. En el cajón guardaba un paquete mediado de galletas y empezó a mojarlas en su taza, el dedo meñique estirado, la expresión golosa. De vez en cuando sorbía el líquido con un churrrrruuuuuuppp chup chup particularmente enervante. Antonio estaba a punto de decirle que procurara beber con menos ruidos cuando el viejo levantó la cara y le miró: un sendero de café con leche le recorría la barbilla y en la mano sostenía una galleta semideshecha.

—Benigno, ¿sería tan amable de acabar pronto y ponerse a trabajar? Hemos perdido media mañana.

—Sí, don Antonio. Pero...

—Pero ¿qué?

—Es que no sé qué hacer, don Antonio.

—¡Como! ¿Ya ha clasificado usted todos los expedientes?

—Sí, señor, ya está todo.

Qué desazón, qué desesperación, qué aburrimiento. Él era el jefe, jefe de negociado, jefe de la nada misma, del absurdo. Antonio estaba convencido de que su superioridad sobre Benigno era evidente, era una distancia moral, una diferencia sustantiva de lo íntimo. Pero también estaba convencido de que eso no lo comprendía el secretario, y de que si el superior muestra que no sabe qué ordenar a su inferior, la razón misma de la existencia de la jerarquía se va al traste. Era necesario encontrar algún quehacer, cualquier estúpida tarea. El viejo seguía churrupeando pacíficamente de su taza. Verterle la leche por encima, embadurnar su cara de mono con la derretida y goteante pasta de galletas, atizarle con la cucharilla en los nudillos.

—Pues revise usted el archivo y actualícelo, Benigno. Mire si hay algún documento caducado.

—¿Caducado?

—Sí, sí... Quiero decir que... O sea, que mire usted a ver si hay algún oficio que podamos pasar a otro negociado y... Usted ya me entiende. Y ordene su mesa, hombre de Dios, que esto parece una leonera.

—Sí, don Antonio.

El viejo retiró diligentemente los restos del desayuno y se levantó a guardar la caja de fragancias en su sitio, es decir, en el archivador y bajo la letra «P» de perfumes. Siempre tan obediente, tan indigno, tan servil. Y quizá tan secretamente rencoroso.

—Por cierto, Benigno, estoooo... Querido Benigno, ¿le suena a usted de algo la palabra pollino?

Puede que al secretario sí le sonara de algo la palabra, o puede que simplemente le fallara el pulso, ya de por sí precario. El caso es que ante tal pregunta, y como por efecto de un conjuro, la caja de cartón que contenía las esencias resbaló de sus manos, y los frascos se pulverizaron estrepitosamente contra el suelo.

—¡Las fragancias! —hipó Antonio, espeluznado.

Y no pudo, aunque quiso, añadir más: porque de los pomos rotos subió una nube compacta de olores en batalla, un vaho espeso y asfixiante de esencias refinadas que asaltó su delicada pituitaria. Antonio boqueó indefenso unos instantes, mareado por el nardo, el pachulí y las lilas, herido por el almizcle, la bergamota y la crueldad de la canela. Corrió a la ventana, acosado por la tortura de tanto aroma exquisito, y allí, acezante, acodado sobre el polvoriento alféizar, se creyó desfallecer y sintió su olfato hecho alma y el alma hecha un vahído.

## 5

Vanessa era una de esas mujeres de cuerpo omnipresente que parece que siempre se están dejando acariciar por el aire. Culigorda y patirrecia. Ahora, que era disparatadamente joven, tenía en las carnes ese lustre de la adolescencia. Pero pronto se pondría hecha una foca, y si no al tiempo. Gorjeaba y se removía en su banqueta, inconsciente de todo lo que no fuera su propio pavoneo, con los ojos encendidos por la lumbre aguada de la ginebra, vestida y maquillada como si fuera un zorrón. A Bella nunca le gustó la chica: le parecía tonta, impertinente y sin sustancia.

—Anda, ricura, dame otro cubata, bien cargado... —arrulló Vanessa.

—Estás borracha —contestó Menéndez despreciativamente—. Se acabó la bebida.

Vanessa abrió mucho los ojos y parpadeó furiosamente, en parte a causa de la perplejidad y en parte como arma seductora, y una de sus pestañas postizas se le pegó al párpado de abajo. A su lado había 130 kilos de cliente, un hombrón silencioso que desparramaba su envergadura animal sobre el mostrador y que se afanaba en construir ingenios saltadores a base de palillos de dientes. Vanessa se chupó la yema del dedo índice y luego la aplicó, con pulso incierto, sobre el punto corrido de una media.

—Anda, cielo, estoy seca, dame un cubatita... —insistió, melosa, con la pestaña despegada rubricando su ojo izquierdo a modo de felpudo.

—Tú vas a acabar muy mal, niña —contestó Menéndez, desabrido—. Mejor harías en irte a lavar esa cara llena de potingues.

—Uh, bueno, hombre, chico, hijo, vaya, oye, cómo te pones...

—Si yo fuera tu padre ya verías lo que te hacía —añadió Menéndez, con una vehemencia y un relumbre en la mirada decididamente incestuosos.

—Dale la copa a la chica, Menéndez —restalló la rota voz del Poco.

Había salido de las sombras, tan turbio y secreto como siempre. Menéndez se mordió el labio inferior y amarilleó un poco más.

—Dale la copa —repitió el Poco con dulzura.

Plinc, hicieron los mondadientes del hombrón, saliendo disparados en todas direcciones.

—Oiga usted, deje de hacer esas cosas, que me está poniendo esto perdido —bramó Menéndez. Tenía las orejas como carbones encendidos.

El tipo le contempló un instante con su espesa mirada de carnero. Después bajó la cabeza y se concentró en la construcción de una nueva traca de palillos.

—Sirve a ésa, Bella —musitó Menéndez, agarrando su libro trucado y hundiéndose sombríamente en su lectura.

Bella llenó el vaso con una generosa dosis de ginebra: a ver si revienta la boba esta. El barquito-zapato del mural navegaba interminablemente por su mar de neón. Vanessa se puso en pie y se deslizó hasta el extremo de la barra, lo más lejos posible del Poco. Le tiene miedo, se dijo Bella con satisfacción. Ella misma, que tenía muchos más años que la muchacha, años de mover el culo por el mundo procurando que no se lo tocaran más que las manos que ella deseara; ella misma, pese a su experiencia, había sentido ante el Poco, al principio, una alarma semejante. Ahora ya no. Ahora había entre ellos una especie de complicidad. Todos temían al Poco, menos ella: era una sensación agradable, como de poder, de fuerza. Le sirvió una copa de coñac.

—Gracias, Bella.

El Poco estaba liándose uno de sus cigarrillos de picadura, que luego colgaría pegado a sus labios, apagado, a medio consumir, hasta que se deshiciera por la acción conjunta de la saliva y la rumiadura. Estaba medio vuelto de espaldas, como siempre que se dedicaba a estos manejos. Con el tiempo, Bella había comprendido que se ocultaba para que nadie viera que le temblaban las manos, que el papel de fumar se agitaba entre los dedos derramando las tiesas hebras del tabaco. El Poco lamió el borde engomado y se acercó a la barra. En el dedo anular de la mano derecha tenía tatuadas las armas de la Legión: era un trabajo tan fino y menudo que desde lejos parecía una sortija.

—¿Cómo te llamas, niña? —preguntó el Poco, haciendo bailar el coñac y escudriñando el fondo de su copa, como si no le interesara la respuesta.

—Vanessa.

—Cómo te llamas de verdad.

—Jua... Juana.

El Poco se tomó el coñac de un trago y se sirvió más mientras hacía restallar la lengua entre los labios. En los tres meses que llevaba en el club, Bella no le había visto comer nada sólido: sólo bebía, bebía copa tras copa sin que el alcohol pareciera emborracharle.

—¿Dónde vives?

—¿Yo?

Vanessa se asustó: no quería que ese viejo raro se enterase de su dirección. Dio un sorbo al cubata, arrugando la nariz, y tironeó de su estrecha y corta falda, como si de repente hubiera descubierto la incomodidad de vestir demasiado provocativamente.

—Vivo en... en una pensión.

—¿Y tu familia?

—En el pueblo.

Por fortuna el viejo no le preguntó más. Se acodó en el mostrador, junto a ella. La copa en la mano, la mirada perdida, como si se hubiese olvidado de su existencia. Pero estaba demasiado cerca. Su brazo desnudo y tatuado la rozaba. Vanessa se estremeció y retiró el codo con disimulo para evitar el contacto con esa piel áspera y fría. Le repugnaban los hombres tatuados. En el pueblo no había visto a nadie así, y, por otra parte, ni Robert Redford ni Julio Iglesias ni nadie verdaderamente fino y decente se tatuaba. «Este hombre es un patán», se dijo, utilizando una palabra nueva que le encantaba y que acababa de enseñarle un amigo suyo, un abogado maduro, todo un señor, que tenía muchas influencias y había prometido introducirla en el mundo del espectáculo. «No es más que un patán», se repitió con delectación. Y comenzó a perderle miedo.

—Bella, te toca —gruñó Menéndez.

—Ya va, ya va.

Bella se quitó el guardapolvos y salió al estrado. El Poco seguía allí, en la barra, pegado a la chica. Qué raros eran los hombres. Vanessa se apretaba contra las palmeras de cartón que le impedían el retroceso, atrapada como un pajarito. O como un tordo, cara flaca y culo gordo. Bella se chupó la mella y encendió el melotrón.

—Tanto tiempo disfrutamos este amor, nuestras almas se asercaron tanto a sí, que yo guardo tu sabor, pero tú llevas también, sabor a mí...

El Poco se volvió y apoyó la espalda en el mostrador, para escucharla.

—Bella canta muy bien —dijo.

Vanessa se encogió de hombros: estaba empezando a sentirse mareada.

—Y tú, niña, quieres ser cantante —añadió el Poco de repente.

—¿Cómo lo sabes?

—Quieres ser cantante —repitió con suavidad—. ¿Cantante de qué?

—Pues de canción folklórica, y moderna, y de todo. Yo canto de todo. También canto boleros, si quiero. Y además soy actriz.

—Bueno, niña, bueno... Mira, niña, todo el mundo tiene que aprender. Puedes aprender mucho de Bella. Y a lo mejor yo todavía puedo enseñarte algo. A colocar la voz, a interpretar. Los boleros no se cantan, niña, se interpretan. Tienes que sentir lo que estás cantando, tienes que haberlo vivido. Pero tú eres muy joven todavía.

Tú lo que quieres es enseñarme lo que yo me sé, so marrano, pensó Vanessa; empiezan arrimando el brazo y terminan metiendo el codo y lo que tercie, ya conocía ella ese percal. Conque muy joven, habráse visto... Había cumplido ya los dieciocho años y había corrido mucho por el mundo, estaba de vuelta de la vida, de modo que esa gorda inmunda y ese patán no tenían nada que enseñarle. Mordió el vaso, furiosa, sin atreverse a decir nada, porque de todas formas el viejo tenía algo extraño y asustante.

—Si negaras mi presencia en tu vivir, bastaría con abrasarte y conversar, tanta vida yo te di, que por fuersa tienes ya, sabor a mííííí...

Bella se alegró cuando vio entrar al inspector García. No es que apreciara particularmente su presencia, pero sabía que, con su llegada, el Poco se retiraría, como siempre, hacia un rincón discreto, porque parecían no gustarle las vecindades con la ley. Contempló cómo se cumplían sus previsiones, como el Poco se despegaba del mostrador y de Vanessa y se refugiaba en el sombrío chiscón del guardarropa. Los hombres eran a veces como niños, se derretían ante cualquier culo empingorotado y provocativo, se ponían tontísimos. Incluso un hombre tan hombre como el Poco. Bella saludó desde el estrado al inspector con un vaivén de mano: siempre fue bueno llevarse bien con las autoridades. El inspector era un asiduo, más que cliente gorrón, porque Menéndez nunca le cobraba. Iba siempre de paisano, como disimulando, como si pudiera haber alguien lo suficientemente imbécil como para no darse cuenta de su pestazo a policía, de su tufo a comisario.

—Buenas noches, inspector, ¿qué tal la ronda? —trinó Menéndez, poniéndose con premura al servicio del recién llegado.

—Bien, bien, Menéndez. ¿Y cómo andan las cosas por aquí?

—Bien. Ya sabe usted que éste es un local tranquilo.

—Sí que lo sé, sí —resopló García—. Afortunadamente esto es otra cosa. Pero si usted supiera, Menéndez, lo que hay a cuatro calles de aquí, allá donde empieza el barrio chino... Tremendo.

—Calle, calle, que me lo imagino.

—Muchachitas haciendo la carrera, casi de la edad de mis hijas o de las suyas, oiga, que es que se me abren las carnes. Y peleas, y navajas, y hasta hombres vestidos de mujer, oiga, hombres vestidos de mujer, con unas... —y García dibujaba con sus manos en el aire unas disparatadas opulencias pectorales—... que para qué le cuento. No sé a dónde vamos a llegar.

—Una vergüenza.

El inspector García era cuarentón, sanguíneo y nariguado, y tenía el tic de tocarse el costado cada dos segundos, como para verificar que la pistola seguía ahí, anidando en la sudada sobaquera. Se llevaba bien con Menéndez: compartían los dos la sensación de estar más abajo en la escala social de lo que correspondía a sus méritos, y disfrutaban tratándose de usted mutuamente con ampulosa deferencia. Claro que García siempre marcaba las distancias y hacía alarde de su condescendencia, porque al fin y al cabo él era un hombre ilustrado, que estudió para maestro nacional antes de ingresar en el Cuerpo, y además era inspector, aunque por pasajeros reveses de la vida (un quinqui de corazón débil, una torta mal dada, mala suerte) estuviera ahora destinado en este hoyo miserable, en este barrio sin promoción, en esta mierda.

—Y luego va uno y se juega el tipo por detener a un chorizo y, ¿quién te lo agradece? Dígame, Menéndez, ¿quién te lo agradece?

—Nadie, señor inspector.

—Nadie. Y cuidadito con sacar la pistola, ¿eh? El chorizo puede ir armado, puede pegarte dos tiros, puede rajarte la tripa, pero eso sí, tú no puedes defenderte, porque, pobrecito chorizo, pobrecito asesino, el desalmado policía le ha pegado un coscorrón... Esto es que no hay quien lo aguante, oiga.

—Y que usted lo diga.

—Y luego juégate el tipo para meter a la canalla en la cárcel, y después llegan los jueces y, hala, los ponen a todos en libertad al día siguiente. Ya no hay orden, ni ley, ni nada. Este país va cada vez peor, es la anarquía.

—Qué razón tiene. Su chinchón, señor inspector.

García se tomó la copa a sorbitos mientras escudriñaba a la parroquia, para ver si alguno asentía o disentía de sus palabras. Pero nadie parecía prestarle atención: el hombrón se aplicaba ahora a la laboriosa construcción de una torre Eiffel de mondadientes, y Vanessa buceaba en las entrañas de su bolso buscando algo indeterminado. Al cabo la chica volvió a meter sus heterogéneas pertenencias en la bandolera de plástico, se secó delicadamente las aletas de la nariz con una servilleta de papel y se puso en pie, trastabilleante y dispuesta a irse.

—Eh, tú... —gruñó Menéndez—. Me debes el cubalibre.

—Al cubalibre invito yo —dijo el Poco desde el guardarropa, en un susurro.

—¿Tú? ¿Con qué dinero?

—Al cubalibre invito yo —repitió el Poco sosegadamente.

Menéndez enrojeció hasta la caspa.

—Está bien, vete —logró farfullar al fin en tono estrangulado.

Vanessa se apresuró a desaparecer bamboleándose sobre los altos tacones.

—¿Y ésta? —preguntó García.

Menéndez se encogió de hombros, furioso y cabizbajo. El inspector miró al Poco de arriba abajo con fría curiosidad profesional y después chasqueó la lengua, despectivo.

—Buenas noches, Menéndez. Hasta mañana.

—Buenas noches, señor inspector.

Bella pulsó el último acorde del último bolero de la noche y se rompió una uña contra las teclas. Mala leche. Bajó del estrado y se acercó a la barra.

—A ver si limpias un poco esto, Bella, que está todo hecho un asco.

—Olvídame, Menéndez.

Se puso la bata y empezó a fregar los vasos. El Poco seguía en el guardarropa, escribiendo algo sobre una servilleta de papel. Qué dentera: la uña rota escocía al contacto con el detergente. De pequeña, Bella había visto una película en la que unos chinos perversos metían palillos debajo de las uñas del protagonista. La vio allá en el pueblo, en el cine al aire libre que ponían en los veranos. Los sábados su madre le daba un bocadillo de chorizo o de tocino y un duro, que era lo que costaba la entrada, y ella se iba al cine y cenaba allí, sentada en esas sillas de tijera que dejaban el culo a rayas. Se acordaba muy bien de la película de los chinos porque era muy bonita, porque se había enamorado de ese protagonista que no parpadeaba cuando le hacían salvajadas y porque se había dejado meter mano por Antonio, sí, que fue entonces cuando empezaron a tontear, ella enamoradísima del protagonista y con todo el cuerpo raro, así como revuelto, y Antonio tocándole los muslos. Entonces, aún lo recordaba, ella sintió una emoción y una melancolía muy grandes, como si estuviera a punto de descubrir algo maravilloso, algo inmenso que todavía no sabía lo que era, pero que estaba ahí, rozándola, esperándola, tan cerca que le entraron ganas de llorar.

—Toma, léete esto.

Bella dio un respingo. Cerró el grifo, se secó las manos con un trapo y cogió la servilleta escrita que el Poco le tendía:

«Te pierdes en la noche, tan bonita,
sin saber los peligros que te acechan.
Te pierdes en la noche, tan solita,
sin saber todavía que estás sola.
Si yo pudiera explicarte
que la noche no está hecha para niñas.
Si yo pudiera contarte
toda mi vida, para que tú supieras.
Ahora piensas que cambiarás el mundo
y será el mundo el que te cambiará.
Ahora eres alegre y joven pero en lo profundo
ya llevas la semilla de tu soledad.»

A Bella se le atragantó una lágrima.

—Es... Es preciosa —balbució.

Era la poesía más bonita que Bella había visto en su vida. Claro que ella no leía nunca poesías.

—No sabía que escribías versos.

—Oh, sí, desde hace mucho tiempo —contestó el Poco blandamente—. En realidad las letras de los boleros también son poesías.

Se detuvo para lamer la colilla amarillenta y apagada de su cigarro, que se deshacía por momentos.

—¿De verdad que te gusta?

—Muchísimo. Me recuerda cuando... O sea, que es como la verdad, como la vida de verdad. Yo era así. Bueno, a lo mejor no era tan bonita, pero... Me hubiera gustado que alguien me hubiera hecho unos versos así, de joven.

—Tú eres bonita también por dentro, mujer —dijo el Poco. Y rozó la barbilla de Bella con un dedo que abrasaba.

—¿Sabes una cosa? —añadió el Poco. Y se calló.

Bella guardó silencio, expectante, sintiendo aun en la cara la huella de su mano.

—¿Sabes que esta chica, esta Vanessa, se parece mucho a...?

Bella sacó un cigarrillo, lo encendió nerviosamente.

—¿Sabes por qué arruiné yo mi vida, por qué me convertí en lo que soy?

El Poco hablaba sin mirarla, los ojos perdidos en el aire.

—¿Por qué?

—Pues por una mujer. Arruiné mi vida por una mujer, ¿qué te parece?

A Bella no le parecía nada. Le dolía la cabeza.

—Era la mujer más hermosa del mundo. Casi una niña. Yo también era muy joven. Me vine de Cuba con un contrato de tres meses para una sala de fiestas. Maldito sea el día en que cogí aquel barco. Yo en Cuba era un señor, ¿sabes? Allí, en el Tropicana, con mi traje cruzado y mi sombrero, con mulatas hermosas, con dinero. Y aquí perdí el seso. Me quedé un año, dando tumbos, sin trabajo, sólo por ella. Yo quería hacerla mi mujer pero ella huía de mí. No, no fue así: a veces me quería mucho y a veces me huía. Yo andaba como loco. Una noche me la encontré con uno, un viejo gordo y rico, de putón. Ya me lo habían dicho, pero yo no les creía. Yo le hubiera dado mi nombre, habría hecho de ella una mujer decente, pero llevaba el puterío en la sangre. Le partí la cara al viejo, pero a ella no me atreví a tocarla, no pude, no tuve coraje, fui un cobarde... Era la mujer más hermosa del mundo, y Vanessa se parece un poco a ella. Pero era un demonio. Me apunté a la Legión, no sé por qué. No tenía ganas de vivir. Hicieron una bandera de lo peor, de la canalla, y me tocó a mí. Yo he matado muchos moros con estas manos, ¿qué te parece? Nos metieron en un barco y no sabíamos ni a dónde íbamos. Cuando ya estábamos llegando a África nos dijeron que nosotros éramos los únicos que podíamos salvar a la patria, nosotros, la canalla, aunque muriéramos... Y yo he visto morir a muchos, a muchos...

Se calló durante unos segundos. Cogió la servilleta del poema y la hizo trizas lentamente.

—Luchábamos contra los rebeldes, que eran argelinos mandados por mercenarios. Yo tenía un coronel alemán y peleábamos junto con los franceses, bueno, era una tropa senegalesa con mandos franceses, que son los mejores mandos del mundo. Yo he visto matar a un hombre de la manera más cruel. De la manera más cruel. Había cinco pozos de agua en el desierto, echamos a suertes y le tocó ir a uno, a morir. Le mataron los rebeldes y entonces nosotros les cogimos a todos sin disparar un tiro. Eran 67, me acuerdo bien. Nuestros senegaleses pidieron permiso para matar al que había matado. Entonces le ataron y empezaron cortándole la punta de la nariz, y luego las orejas, y los labios, y los dedos uno a uno, y la lengua, y le sacaron los ojos. Le cortaron a cachitos para hacerle sufrir, tardaron cinco horas en matarle, ¿qué te parece? Escucha, estuve diez años en la Legión, diez años. No quiero acordarme. A veces me viene todo a la memoria por las noches y me parece que me vuelvo loco... Era la mujer más hermosa del mundo, Bella, la más hermosa. Me la volví a encontrar, después de mucho tiempo. Estaba hecha un pingo, pintarrajeada y seca como dice el tango. Pero yo todavía la quería, ¿qué te parece? Yo todavía la quería y me acerqué. Entonces ella se puso como loca, no lo entiendo, no lo entiendo todavía, ella se puso a gritarme y a insultarme como loca, dijo las cosas más sucias que pueden salir de la boca de una persona, ¿qué te parece?, me insultaba a mí, a mí que nunca le hice ningún daño, que lo único que hice fue quererla, me insultaba... A partir de entonces...

Se detuvo. Aventó los desgarrados restos de la servilleta, que estaban sobre el mostrador, y los tiró al suelo. Cuando levantó de nuevo la cabeza tenía la cara color gris.

—A partir de entonces pasaron muchas cosas, pero no merece la pena que las cuente. Vanessa se parece un poco a ella, sabes.

El neón del mural pedorreaba y a veces se apagaba. Luego se volvía a encender con gran esfuerzo y el barco resurgía entre las sombras, lívido y quieto, sin costa a la que llegar, sin puerto de partida, atrapado para siempre en su horizonte de mentira.

# 6

Querida madre:

Espero que al recibo de ésta esté usted bien. Antonio está muy bien, gracias a Dios, y yo ya le digo que la escriba a usted, pero ya sabe como es Antonio y además está muy ocupado con su trabajo y sus olores. Me dice que la mande besos y que la diga que la quiere aunque no la escriba y que si usted quiere algo no tiene más que decirlo. Yo también estoy bastante bien, aunque anduve algo pachucha, pero usted no se preocupe porque fui al médico y me dijo que era cosa de la menopausia, que es lo de la retirada del mes, y me dijo que era normal. El doctor Gómez es un médico estupendo y me escuchó con todo interés y me preguntó muchas cosas y me mandó unas píldoras para los nervios y otras para la sangre y me las estoy tomando y estoy mucho mejor y mañana o pasado iré a ver al doctor Gómez otra vez, es un señor muy amable y estoy segura de que a usted le gustaría.

Se me olvidó contarle que cuando venía de visitarla a usted el mes pasado me encontré en el tren con Isabel, la hija del Teodoro, el del bar, ¿se acuerda usted de ella?, aquella rubiona que se habló con mi hermano cuando eran chicos. Iba en un coche distinto al mío pero me la encontré cuando me levanté al uater clos. Está muy bien, grandona como siempre ha sido, y resulta que ahora es pianista y da conciertos en un sitio muy fino que hay cerca de mi casa, fíjese usted que casualidad, y estuvo muy amable y ahora yo algunas tardes cuando baja el calor me voy dando un paseíto y me acerco a verla y charlamos un rato, es una chica muy buena y muy lista y estoy segura de que a usted le gustaría. Y me ha dicho que Antonio va también a verla alguna vez, y yo me digo que si no será que ahora van y se hacen novios, Dios lo quiera, porque Antonio ya va para los cincuenta y no es bueno que el hombre esté solo, las mujeres somos otra cosa, somos más apañadas, pero un hombre solo es un desastre, ya lo sabe usted. Y la verdad es que Antonio y la Isabel estuvieron muy colados el uno por el otro cuando eran jovencitos, o eso me parece a mí, así que a lo mejor resulta que hasta se casan, pero no le diga usted nada a Antonio, por favor, no le diga usted nada, madre, que luego usted sabe cómo es su hijo y se enfada y se pone conmigo hecho una furia. Porque él es así, muy bueno pero con un pronto como el de padre, que en paz descanse, hay hombres que tienen ese carácter y hay otros que son más tranquilitos, como Damián, el sobrino del portero, que es un chico muy bien dispuesto, muy callado, es casi un niño pero se parece a don Miguel, aquel médico tan guapo que vino al pueblo antes de que muriera padre, se parece aunque tiene una bizquera en un ojo, poca cosa, sólo se le nota si le miras muy de frente, y el pobre es huérfano desde muy pequeño, a mí me da mucha pena la criatura, estoy segura de que a usted le gustaría.

Creo que no tengo nada más que contarle por hoy, madre. Como ya me toca ir a verla la próxima semana no le voy a escribir más hasta entonces. Si quiere usted que le lleve algo, dígale a la señora Encarna que me escriba o que me telefonee. Cuídese usted mucho, tómese las medicinas y no quiera usted hacerlo todo sola, como siempre, porque luego se me vuelve a caer y es peor. Y reciba usted todo el cariño de su hija, que la quiere,

Antonia.

PD. A la atención de la señora Encarna: Muchas gracias por leerle la carta a mi madre. Ya he comprado las medias que me pidió usted, las he encontrado de rebajas y son muy buenas y bastante baratas. Se las llevaré el próximo día. Un saludo afectuoso.

# 7

Antonio golpeó impacientemente el vaso con el rabo del cuchillo:

—¿Qué pasa con la comida? —gritó hacia los interiores de la casa.

Las persianas estaban echadas pero el calor era insoportable: se pegaba al cogote, a las espaldas, a las sienes, con una consistencia casi física; se pegaba incluso a los pensamientos, llenando la cabeza de bochorno y de pereza. «Esta casa es un horno», masculló Antonio mientras se remangaba la camisa en dobleces cuidadosos, hasta conseguir que ambas mangas estuviesen a idéntica altura. Estaba de muy mal humor, taciturno y virulento, como cada vez que visitaba a su hermana; no sabía bien por qué, pero esta casa poseía la virtud de crisparle los nervios. Era un lugar en el que siempre había una temperatura inadecuada, demasiado fría en los inviernos, tórrida en verano. Además Antonio consideraba que tanto los muebles como su propia hermana eran de un sólido mal gusto, de una vulgaridad que hería su sensibilidad, del mismo modo que su pituitaria se resentía con el leve tufillo que desprendían las paredes, un olor residual a coliflor hervida y a lejía, una fina y persistente pestilencia que Antonio catalogaba dentro de la categoría de «olores siniestros», que eran aquellos que poseían la cualidad de deprimirle de modo instantáneo. Y el olor de la casa de su hermana le hundía sin duda en la miseria. Respiró hondo, se tragó un buche de aire rancio e intentó relajarse y hacer acopio de paciencia. A fin de cuentas, Antonia era su hermana, y aunque fuera gorda, estúpida e irritante, era su única familia. Además él tenía cuatro años más que ella, y como hermano mayor se sentía obligado a protegerla, no sólo pasándole cierta suma de dinero al mes, sino también vigilándola de cerca, porque Antonia, como toda mujer sola, necesitaba del cuidado del varón.

—¡Esa comidaaaaaaaa! —bramó de nuevo sin recibir respuesta.

La verdad es que Antonia es un desastre, se dijo con desaliento. Ni siquiera era capaz de sacar adelante sus tontas rutinas domésticas, que era lo único que se exigía de ella. Oh, sí, ponía siempre muy buena voluntad, y, naturalmente, le lavaba, cosía y planchaba toda la ropa. Pero los botones se caían o aparecían prendidos en lugares imposibles que no había modo de hacer casar con los ojales; le había quemado ya dos camisas, una de ellas apenas estrenada, y otras dos estaban desteñidas; y respecto a las comidas, sus platos sabían todos igual los unos a los otros, hermanados en la misma insipidez.

—Y por si fuera poco —dijo en voz alta dirigiéndose a Antonia, que entraba en ese momento con el gazpacho—. Por si fuera poco eres incapaz de servir un almuerzo en hora.

Ella le miró, desconcertada: «Es que como no me habías dicho que venías...» Antonio agitó el aire con su mano derecha, restándole importancia al asunto. Lo peor es que después le daba pena, ella le miraba bovina y fiel y él se pudría de compasión. Con Antonia siempre se sentía enfermo, ahogado de ira o de culpabilidad y siempre enfermo.

—Lo acabo de hacer. Revuélvelo, que le he echado hielos para que esté fresquito.

—Está bien.

Antonio desplegó el periódico procurando serenarse y sorbió el soso gazpacho mientras leía las noticias. Su hermana se sentó frente a él, al otro lado de la mesa, contemplándole en silencio. Con la yema del dedo índice apresaba miguitas diminutas de encima del hule y las agrupaba en un montón; después, con un suspiro, desparramaba la pequeña montaña y comenzaba de nuevo. Al sexto suspiro Antonio levantó la cabeza:

—¿Tú no piensas comer, o qué? —preguntó, aunque conocía la respuesta.

—No, no, yo ya comeré luego, cuando termines.

Antonio frunció el ceño con disgusto y retiró el plato de gazpacho. Su hermana lo recogió y corrió hacia la cocina a hacerle la tortilla, para que estuviera caliente y recientita. Antonio se desesperaba con el abyecto espíritu de sacrificio de su hermana, con ese no comer para servirle, con su falta de cuajo, de existencia. Cuanto más solícita era ella, más la odiaba él. No, odiarla no, se enmendó Antonio estremeciéndose, él la quería fraternalmente, como se quiere a una hermana un poco tonta, como se quiere a una hermana que por desgracia es absolutamente imbécil.

—La tortilla. Bien hecha, como a ti te gusta —canturreó Antonia triunfalmente.

Parecía mentira que fuesen hermanos, siendo tan distintos como eran. Claro que él se parecía a padre, que fue todo un carácter, lo que se dice un hombre. Un hombre que sólo se equivocó al final, cuando dilapidó sus riquezas de cacique con las putas, cosa que, al fin y al cabo, era un defecto comprensible y varonil. Antonia, en cambio, se parecía a madre, a esa anciana que ahora apestaba a muerte y a orines y a la que él era incapaz de soportar, limitándose a enviarle 5.000 pesetas de vez en cuando a través de las visitas mensuales que le hacía su hermana. Miró de reojo a Antonia, que seguía sumida en su interminable acarrear de migas, y pensó una vez más en el curioso error genético que les había conformado.

Porque la débil Antonia poseía la densa carnadura de su padre, y él, por el contrario, había heredado la enfermiza fragilidad materna, hasta el punto de que creyeron que el primogénito no iba a sobrevivir por mucho tiempo y bautizaron también a la niña con el nombre del patriarca, en un afán de perpetuarlo. Claro que, a cambio de la menudencia corporal, Antonio poseía también la antigua belleza de la madre: pómulos altos y extranjeros, los ojos de un verde triste, una boca de labio firme y diente sano. Ésa fue la única salud materna, la dental. Su sonrisa blanquísima y pareja. Al principio, cuando él era muy chico, y permanecía en la cama empapado de sudor, y la fiebre hacía bailar sombras en el cuarto; al principio, madre entraba de puntillas, y le acariciaba la frente, y luego se acercaba a la ventana y entornaba un poco más los postigos; y allí, entonces, en la penumbra, con una esquina de sol sobre la cara, el pelo negro, larga de esqueleto, delicada, allí estaba bellísima; se quedaba largo rato así, muy quieta, como una ilustración del libro de historia sagrada de la escuela, tan hermosa que daban ganas de morirse. Pero eso era al principio, cuando él era verdaderamente muy pequeño; después madre empezó a deshacerse muy deprisa, y todo se le marchitó, menos los dientes. Antonio sintió un vértigo y un sabor a vómito en la boca: debe ser una bajada de tensión, debe ser el calor, la mala calidad de la comida.

Rechazó el postre y advirtió a Antonia que no se iba a echar la siesta porque quería trabajar. A su hermana se le redondeó la boca, como si fuera a decir «oh», pero no produjo ningún ruido y se limitó a recoger la mesa y desaparecer en la cocina, en donde Antonio la oía trastear, preparándose sin duda sus comistrajos a destiempo. Dobló el hule, porque odiaba su tacto tibio y viscoso, y preparó sus útiles sobre el viejo tablero de madera: la pluma a la derecha, perpendicular al borde de la mesa; a la izquierda, el taco de las cartulinas que usaba para su archivo personal, que eran de tamaño mediano y finamente rayadas; ante él, justo en el centro, una sola ficha, en la que escribiría. Comprobó que todo estaba bien dispuesto y desenroscó el capuchón de la antigua estilográfica, a la que prefería con conservador empeño frente a toda la galaxia de novedosos útiles de escritorio, bolígrafos, plumones y rotuladores de sospechosa punta viva.

—Julia —musitó para entrar en ambiente, a la búsqueda de inspiración—, Julia, Julia, Julia...

Qué placer, el de la melancolía. Comenzó a escribir en la parte superior de la cartulina con letra avara, microscópica: «Julia Torres de Urbieta. 2754475. Pelayo 27. Del 28 de mayo al 3 de junio de 1982. Nombre utilizado, Félix Montoya. Tan tenaz como el aroma a piel de Rusia.» Se detuvo, disfrutando del recuerdo. Julia le había gustado desde el primer momento. No sucedía así con todas, por desgracia, e incluso hubo algunas tan carentes de atractivo que Antonio había fingido ser el amigo del marido hasta el final, escapando al cuarto de hora escaso tras dejar en manos de la esposa el hipotético regalo: un juego barato y vulgar de lápiz y bolígrafo que el cónyuge contemplaría a su regreso con indudable estupefacción. Pero Julia sí. Julia poseía un olor seco a esencia de abedul, un olor acuerado que casaba a la perfección con su físico de morena trepidante. Y tan elegante. «Julia es ardiente y profunda», escribió Antonio en la ficha. Le había recibido amable pero distante. Ésas eran las que más le gustaban, las que se mostraban un poco desdeñosas, como alardeando de su pertenencia a una clase social superior. Le había hecho pasar a un salón muy bien dispuesto, al que llegaban los gritos y las risas de unos niños, perdidos al fondo de la casa. Comenzaron la charla del modo habitual, como comenzaban todas, pero Antonio estaba tan entusiasmado con Julia que entró en materia sin dilación. «¿De modo que usted es amigo de mi marido?», estaba diciendo ella cortésmente, y él contestó que no, que no le conocía, que no le había visto en su vida, no se asuste usted, señora, por favor, no puede temer nada de mí, soy su más rendido adorador, su esclavo, su siervo, su bufón, y Julia parpadeaba transida y temerosa, y se levantaba, como casi todas, para acercarse al abrigo de la puerta, Julia, Julia, sé que no he debido hacerlo, que no debía haber venido, pero hace mucho tiempo que la amo en silencio, que la contemplo cuando baja a la compra, cuando entra, cuando sale, cuando ríe, cuando tose, tiene usted una gracia única, especial, que la diferencia de todas las mujeres. Llegados a este punto, Antonio solía levantarse, cabizbajo, como avergonzado, musitando disculpas: sé que estoy haciendo el ridículo, sí, y lo que es peor, sé que estoy entrometiéndome en su vida, dándole a usted un susto o por lo menos molestándole sin ningún derecho. Perdóneme. Ya me voy. Pero quisiera explicarle, para que no me desprecie demasiado, que mi vida ha sido últimamente un tormento, que su sola cercanía, porque yo vivo en el portal de enfrente, que su sola cercanía inalcanzable es una tortura para mí. Discúlpeme si al enterarme de que su marido era piloto de aviación y que en estos días había partido de viaje, discúlpeme, digo, si al saber que usted estaba sola he cometido el desatino de venir a verla, para decirle que la amo, que la quiero, que no puedo vivir más tiempo en este suplicio y que mañana mismo me mudaré de casa e intentaré olvidarla. No volverá a saber de mí. Disculpe a este pobre loco. Discúlpame, mi amor.

Ése era el momento más peliagudo, de modo que Antonio solía reforzarlo con algún detalle virtuoso: pasarse una mano por la cara como quien tiene un vahído, o soltar una digna y triste lágrima. Entonces se dirigía con aire decidido hacia la puerta, la abría, salía al descansillo... y se marchaba, si la señora de la casa no había hecho ademán de retenerle. Solían hacerlo, las cosas como son. Solían pararle, ruborosas, confundidas, justo en el último momento. Antonio sabía que había pocas mujeres capaces de resistirse ante el halagador descubrimiento de un enamorado repentino, ante la posibilidad de vivir una aventura pasional, aunque algunas fueran muy decentes y quisieran permanecer en lo platónico. Lo que les pierde a las mujeres es su romanticismo, se dijo, sobre todo tratándose de hembras como ellas, esposas de pilotos que pasaban demasiado tiempo fuera, señoras acomodadas de media edad sin otra profesión que la de amas de casa, mujeres insatisfechas que se aburrían en la soledad de sus pisos y de su matrimonio. La selección de la lista estaba perfectamente hecha: casi todas caían, temblorosas, suspirantes. Mujeres de lujo en sus casas de lujo. Señoritingas orgullosas, envueltas en ropas de seda y pañuelos de firma, bañadas en los perfumes transatlánticos y esencias libres de impuestos que les traían los maridos. Creyéndose las reinas del mundo y sin embargo desgraciadas. Desdeñosas al principio, como Julia, y luego derrotadas, rendidas a sus pies, con todo su dinero, su estatus, sus casas ostentosas atiborradas de ceniceros de plata y de mal gusto.

Antonia regresó de la cocina y se sentó frente a él. Antonio se removió en la silla, incomodado. La presencia de su hermana le desconcentraba en su trabajo.

Julia le había detenido justo cuando él ya tenía la mano en el pestillo de la puerta: pero espere, hombre, comprenderá usted que todo esto es una locura... Volvieron a la sala, y en el modo en que Julia le miraba (sopesando el verdor de sus ojos, calculando sus carnes, advirtiendo la delicadeza de sus manos), comprendió que la batalla ya estaba decidida y que él no le era indiferente. Aquella tarde hablaron tumultuosamente durante un par de horas: cuando Julia le confió que a los diez años le robaba el chocolate a su hermanita, Antonio supo que terminarían en la cama. Al día siguiente se citaron en el parque central y pasearon largo rato, emocionados, ejecutando complicados trenzados digitales. «Caminamos por el parque, su mano en la mía. Los jardines olían a tierra y agua y nos amábamos.»

Al tercer día la llevó a un hotel y se acostaron, y ella permaneció lívida y callada tras hacerlo. «Julia tiene la piel tostada como el pan. Me deshice en ella sabiendo que podía ser la última vez. Llevaba Dioressence. Demasiado típico.» Al cuarto día, Julia le comunicó que estaba decidida a dejar a su marido, pormenor que ya había comunicado al interesado mediante conferencia telefónica con Río: era una mujer tan tenaz como su propio olor. Antonio suspiró con nostalgia. Lástima: le apenaba que Julia le buscase infructuosamente en la dirección falsa que le había dado. Pero el tiempo curaría su desconsuelo, se arreglaría de nuevo con su esposo y dentro de unos meses sólo le quedaría el recuerdo de esos maravillosos días de pasión, del exquisito regalo del azar. Porque Antonio sabía que el amor sólo podía existir así, envuelto en su propia mentira, aislado de la realidad y del contexto, una voluta de ensueño de final previamente establecido. Dejó la pluma sobre la mesa con gesto exasperado: su hermana suspiraba frente a él con machacona intermitencia y se removía en el asiento.

—¿Podrías hacerme el inmenso favor de dejar de hacer ruiditos?

—Perdona...

Antonia le miraba con sus ojos vacuos, tan quieta como un vegetal, las manos recogidas en el regazo. «Aún hoy recuerdo su fragancia y me sabe su piel entre los dientes, pero mi Julia se ha ido para siempre, reposa en lo imposible como una joya reposa en terciopelo.» Ahora su hermana respiraba pesadamente; tenía la boca abierta y de su garganta salía un gorgoteo apagado al exhalar el aire. Contemplaba fijamente la ventana, los brazos cruzados sobre el vientre, la frente blanquísima mojada de sudor y un brillo como de grasa sobre el labio. Antonio la odió de un modo intenso:

—¿No tienes otra cosa que hacer que estarte ahí como una imbécil rompiéndome los nervios? Así no hay quien trabaje.

Antonia le miró, sorprendida, sacada de improviso de su arrobo. Primero abrió mucho la boca, después se le arrugó la minúscula nariz. Los ojos se le inundaron de lágrimas y contrajo toda la cara en un puchero.

—Lo que faltaba... —exclamó Antonio amargamente.

Se puso de pie y comenzó a pasear como un poseso, de la televisión al aparador y viceversa.

—Muy bien, muy bien... Móntame ahora un número de lágrimas... ¿Qué quieres? ¿Que me sienta culpable? Pues no, noooooo, no lo conseguirás... Viene uno buscando un momento de tranquilidad, un poco de cariño, y no es posible. No pido más que un poco de comprensión, eso es todo, pero la señorita tiene que ponerse a llorar, tiene que ofrecerme una pataleta histérica... No voy a volver a esta casa, eso es lo que voy a hacer, no voy a venir más.

—No, no, no te vayas... —farfullaba Antonia chorreando lágrimas—. Perdóname, perdona... Es la menopausia, lo ha dicho el doctor Gómez...

—Ah, claro, ahora resulta que es que estás enferma... —ladró Antonio sarcásticamente—. Pues si estás enferma habrá que tratarte como a una enferma, entonces.

Salió de la habitación dando un portazo y se dirigió a la cocina. Allí, sobre el armario, encontró los sedantes que buscaba. Sacó tres píldoras, llenó un vaso de agua y regresó al comedor.

—Tómatelas.

Antonia obedeció y se tragó las cápsulas dócilmente, entre sollozo y sollozo. Estaba horrorosa, con las narices rojas, los párpados hinchados y un gesto desvalido y tembloroso.

—Ay, hermana, hermana... —dijo Antonio con repentina suavidad—. Estás fatal de la cabeza...

Con mano torpe acarició su pelo, esos duros rizos de peluquería que olían mareantemente a laca barata; se le ocurrió que quizá se había extralimitado en la dosis del sedante, porque no se había molestado en leer el prospecto. Antonio hizo una inhalación profunda, porque se sentía ahogado; ya estaba ahí, de nuevo. Ya estaba ahí el arrepentimiento, la angustia, atravesada en el pecho como un dolor, devorándole de culpabilidad como si fuera un cáncer. Fue al cuarto de baño y metió la cabeza bajo el grifo. El agua estaba caliente y el mundo no se movía.

Volvió al comedor todo mojado y bastante mareado todavía. Su hermana había encendido la televisión y contemplaba la pantalla sin dejar de lloriquear, desparramada en una silla. Cuando le vio entrar se sobresaltó:

—Ay, perdona, Antonio, creí que te habías ido... —dijo en un hipo.

Y se levantó para apagar el aparato, porque sabía que su hermano no lo soportaba. Pero Antonio se lo impidió:

—No, no, deja, no lo quites, que yo me marcho ya. Además creo que... Creo que te voy a regalar un televisor en color para las próximas navidades, ¿eh? Qué te parece, ¿estás contenta? —dijo.

Y después huyó sin esperar respuesta.

# 8

Bella se despertó con el pegajoso calor del mediodía, apenas filtrado por las cortinas púrpura. Permaneció boca arriba en la cama, sudando a chorros, observando como el resol danzaba a través del techo y pensando que éste necesitaba una buena mano de pintura, lo mismo que las paredes, cuyo primitivo color rosa pastel había degenerado en un ocre tiznado. Veinte años atrás la casa era como una minúscula bombonera, un hogar coqueto y recargado que Bella forró pacientemente en raso, con bonitas cortinas de abalorios y cojines de seda carmesí. Pero eso era cuando Bella todavía creía que ser artista consistía en otra cosa, cuando solía pasearse por el barrio residencial mirando los chalés y escogiendo mentalmente el palacete al que se mudaría cuando llegara el éxito. Desde entonces, las cortinas habían perdido muchas de sus cuentas de cristal y el terciopelo de las butacas se había llenado de polvo y peladuras. Bella ni siquiera se molestaba ya en recoger la cama, que originariamente se convertía en primoroso canapé y que ahora permanecía todo el día destripada, luciendo las sábanas deshechas. El hombre rebulló a su lado, sin despertarse. Bella extendió un brazo con sigilo y cogió un cigarrillo de la mesa.

Había dormido mal. Por el calor, y porque se había desacostumbrado a compartir la cama. De madrugada había escuchado el silbido de los trenes. A veces pasaba, a veces el aire llevaba hasta su casa los ecos de la lejana estación. Como cuando era chica, allá en Malgorta: de noche, cuando soplaba viento del este, se oía un pitido lúgubre, el aullido del tren entre los llanos. Pero entonces ella prefería imaginar que era de un barco, la sirena de un transatlántico gigante, uno de esos buques que sólo había visto en las películas, y se adormecía así, inventándole sonidos marinos a la noche y soñando con barcos en mitad de la abrasada estepa. Eso era cuando soplaba Este. Ahora no sabía qué viento tenía que soplar para escuchar el silbido de los trenes. Ni siquiera conocía cuál era la orientación de su casa. Las ciudades no tienen puntos cardinales.

El hombre se volvió de espaldas con un gruñido y Bella le contempló con desapasionamiento: la espalda gruesa y blanca, oscurecida en los hombros por dos matas de pelo; el cogote arrugado como sobaco de tortuga; la calva, grasienta y muy morena. Dormitaba plácidamente, despatarrado, ocupando casi toda la cama. Menudo animal, pensó Bella, irritada aun por el insomnio: pobre de tu mujer, si tiene que dormir siempre contigo. Porque casado debía estar casado, eso seguro. «Quién es la otra, que besa tu boca, si no soy yo, quién es la otra, que a ti te provoca, tan honda pasión», canturreó Bella en sordina, distraídamente. No sabía quién podía ser la «otra» en este caso y el asunto le traía sin cuidado. El hombre (¿José, Julio, Juan?) había aparecido la noche anterior por el club presentándose como un honrado representante de embutidos de provincias. No se parecía a Rock Hudson, pero tampoco estaba rematadamente mal. Además tenía un aire amable e inofensivo, y eso fue lo que la convenció. Porque a Bella le daban miedo los hombres. Un miedo muy hondo, que no sabía explicar. Un miedo que se había ido acrecentando con la vida. Eran tan brutos, tan incomprensibles. Tan crueles. Eran como niños, pero como niños capaces de matar. No todos, pero nunca

se podía estar segura de por donde les saldría la
bicha, la locura. Ella había visto hombres de todos
los colores. Los suyos propios, los de las otras. Como
cuando llegó al Desiré, cuando era todavía un club
de putas. Todas las chicas tenían su macarra y todos
ellos eran distintos y muy iguales, con la mano larga
y el cariño corto. Una no, una estaba sola. La Puri, se
llamaba. Tenía dos hijos ya mayores y dos bolsas
debajo de los ojos. Un día le contó su historia. Había
tenido un hombre al que quería mucho. Al principio
todo iba bien, pero luego él cambió y le daba acha-
res, y la pegaba, y desaparecía durante días, y ya no
hacían el amor. Y ella lloraba todo el tiempo. Una
noche, él llevaba una semana sin venir, una noche
ella estaba durmiendo y él llegó a la casa, y entró en
el dormitorio sin encender la luz, y se metió en la
cama, y la abrazó desde detrás, y la besó en la nuca,
y la apretó muy fuerte, y le hizo el amor furiosamente, como nunca se lo había hecho; la apresó por la
espalda, la llenó por atrás, estaba tan embravecido
que parecía un extraño, un hombre distinto al que
siempre fue, e incluso le hizo daño. Pero a la Puri no
le importó el dolor porque el estar con él le era bastante. Luego se volvió a dormir entre sus brazos y,
cuando se despertó por la mañana, él ya no estaba.
Entonces llegó la Lupe, que era una amiga, y se lo
dijo. Que a tu hombre le han destripado anoche, le
contó. Y ella que no podía creérselo. Que sí, que ha
muerto, que le rajaron como a un cerdo, que dicen
que fue ese tuerto malencarado con el que tenía pen-
dencias, ¿le conoces? Y ella que no, que no podía
creérselo. No se lo creyó hasta que no vio el cadáver,
todo sangre y destrozo. Hasta que le juraron veinte
veces que su hombre había muerto hacia las once,
que después de apuñalarle le robaron: la cartera, las
llaves, el reloj de oro... Fue de madrugada ya cuando
ella le recibió creyéndole su hombre. Fue de madrugada ya cuando la jodió el asesino. Desde entonces,

la Puri no había vuelto a acostarse por amor. Bella se chupó la mella, estremecida. Los hombres eran capaces de joder por odio, por muerte, por venganza. Eran capaces de violar a la mujer del enemigo minutos antes de degollarla. Bella no les entendía, le asustaban.

El representante de embutidos se agitó entre sueños y dejó caer una de sus manazas sobre su vientre. Bella se retiró, asqueada del contacto. Se dejó resbalar de la cama con cuidado, para no despertarle. La verdad es que ahora casi se arrepentía de haberle traído a casa, aunque el tipo había molestado poco y en la cosa de la cama se había portado. Pero así era la vida, se dijo Bella filosóficamente mientras se duchaba con agua fría: cuando se acostaba con un hombre al que no quería se arrepentía siempre de ello a la mañana siguiente, y cuando se acostaba con un hombre al que quería de lo que se arrepentía era precisamente de quererle. Ya lo decía muy bien dicho Olga Guillot en esa canción tan preciosa, acabé por darme cuenta de que tu amor no es bueno, que hay en ti de la serpiente todo su veneno, acabé por convencerme que jamássssss podrás quererme, porque en tus venas corre arsénico en lugar de sangre, y la Guillot debía tener razón, porque todos los hombres a los que Bella había amado le habían hecho daño, todos tenían la sangre emponzoñada. Bueno, todos no, con Antonio no fue así. Pero cuando Antonio los dos eran muy niños.

Se vistió en la cocina para no despertar al intruso, que seguía resoplando en el salón-dormitorio, y almorzó unas cuantas rodajas del salchichón que el tipo le había regalado la noche anterior dando muestras de un encomiable espíritu práctico. A fin de cuentas, se dijo Bella, había hecho bien ligando con él. Era bueno darle alguna satisfacción al cuerpo de vez en cuando. Eso era lo que ella le aconsejaba a Antonia, que ahora venía a visitarla a menudo al Desiré: chica, le decía, lo tuyo no es sano, a tu edad y sin estrenarte todavía, estoy segura de que esos arrechuchos que te dan no son ni menopausias ni monsergas, que lo que a ti te pasa es que te hace falta un buen meneo. Y Antonia se ponía como la grana: qué cosas tienes, Isabelita, ay qué cosas...

El hombre se agitó y refunfuñó, ya en las fronteras del despertar, y Bella se apresuró a salir del piso, escurriéndose de puntillas, porque no tenía ningún deseo de hablar con él. De todas formas sintió cierta desazón al cerrar la puerta: una no podía estar nunca segura de que el extraño no se llevara media casa, por muy representante de embutidos que se dijese. Se encogió de hombros: la verdad es que no había nada que llevarse, porque todo lo valioso ya se lo había quitado aquel chorizo, el hombrón de ojos grises que una noche llevó a casa para descubrir al día siguiente que el tipo había madrugado más que ella, que se había ido con el peso superfluo de 2.000 pesetas, su medalla de la primera comunión, un reloj de acero y otro contrachapado, una sortija de aguamarina y oro, la radio a transistores que le habían traído de Andorra, una gruesa cadena plateada que debió tomar por buena, y un pendiente impar, herencia de su madre, con un brillante antiguo engarzado en filigrana. Esto último fue lo que más le dolió, por el recuerdo.

Se detuvo un momento en el portal, dudosa. Caía un sol abrasador y era aún demasiado pronto para ir al club, pero no se le ocurría ningún otro sitio a donde dirigirse: en los últimos ocho años no había hecho más que ir de su casa al Desiré y del Desiré a su casa, y carecía de rutinas diferentes. Echó a andar sin rumbo fijo, con desgana, doblando esquinas al azar, zigzagueando de una acera a la otra para perseguir la sombra. El calor la aplastaba contra el suelo, la ciudad parecía estar abandonada y Bella se miraba en los escaparates de las tiendas cerradas: una rubia gorda sudorosa, ceñida en un vestido azul, que caminaba por calles desiertas y calcinadas.

Se encontró frente al Desiré de improviso, sin haber reconocido los alrededores. La puerta estaba aún cerrada, pero Bella golpeó la chapa ardiente con la esperanza de que hubiera alguien, con la esperanza de que estuviera el Poco. Estaba. Se la quedó mirando, inexpresivo, recortado sobre la penumbra interior. —Es que me aburría... —explicó Bella incongruentemente.

Así es que yo tenía razón, se dijo, así es que el Poco está siempre en el club. Incluso debía dormir en el Desiré. ¿En dónde? Bella miró a su alrededor, pero todo estaba igual que siempre. Un poco más triste, un poco más sucio, sin el camuflaje de la iluminación artificial. Las ventanas de la pared del fondo, normalmente ocultas por gruesas cortinas, estaban ahora abiertas; daban a un patio estrecho y oscuro sembrado de cubos de basura, y dejaban entrar una luz marchita y sin relieves. Pero por lo menos aquí se estaba fresco.

—Me he escapado de casa —dijo Bella con una sonrisita—. Por eso he venido tan pronto.

El Poco calló, impávido y ausente. Bella se desalentó: este hombre tiene sangre de horchata, se dijo. El Poco llevaba dos semanas acompañándola a su casa por las noches, amable, distante, taciturno. La víspera ella se había ido ostentosamente con el representante de embutidos, y cualquier hombre normal se habría sentido molesto y encelado. O por lo menos curioso. Cualquier hombre normal hubiera preguntado algo.

—Oye, Poco...

—¿Qué?

—Nada.

¿Por qué la acompañaba por las noches, entonces? ¿Por qué la acariciaba al despedirse? De perfil estaba bien. Tenía una nariz recta, y recia, y muy bonita. Y un cuello de toro. De joven, el Poco debía haber sido guapo. ¿Cómo habría sido de joven? Un conquistador. Tierno y duro al mismo tiempo.

—¿Qué hora es?

—Las cinco menos cuarto.

Bella sacó una pequeña lima de su bolso y se aplicó en la tarea de arreglarse las uñas: las llevaba cortas, pero acabadas en punta. Ris ras y el calor, ris ras y el soporífero silencio de la siesta. El Poco debía dormir sobre el sofá del fondo, no había otra posibilidad. Qué triste. A ella le daría miedo dormir ahí, por las noches el Desiré debía estar lleno de fantasmas. Pero el Poco no le tenía miedo a nada. Ahí estaría solo y a oscuras, solo y desnudo, con esa piel lisa y dura que tenía, con esa piel color de cobre.

—¿Quieres tomar algo, Bella?

—Bueno. Una cerveza.

Y tenía unas manos bonitas, grandes manos de hombre, de dedos muy largos, de nudillos fuertes, buenas manos para acariciar. Las suyas propias, en cambio, no le gustaban nada, ris ras, eran gruesas y cortas, no eran unas manos de artista, de pianista, no eran unas manos para llenarlas de diamantes, ni para tocar abrigos de visón, ni para coger copas de champán, ni para hacer el nudo de seda de una corbata masculina, ni para sostener el micrófono como lo sostenía la Eydie Gorme, el micrófono parecía una flor, una pluma, una joya entre sus manos, como conseguiría la Gorme que no se le rompieran las uñazas, ris ras. Qué aburrimiento. Guardó la lima y se llevó el vaso a los labios. El cristal estaba helado y la cerveza amarga y deliciosa. Hay muchos que están peor, se dijo Bella. Ella podía permitirse el lujo de estar tranquilamente sentada en el fresco interior del club, charlando amigablemente con el Poco y bebiendo una riquísima cerveza. Bien mirado, era lo que se dice feliz.

—Bella...

—¿Sí?

El Poco se cambió la colilla apagada de una esquina a otra de la boca con un experto lengüetazo.

—Cuando yo estaba en Cuba... Cuando yo estaba en Cuba era el hombre más feliz del mundo, y era tan bestia que no me daba cuenta, Bella, no me daba cuenta.

Bella sintió deseos de tocarle, de acariciar el cobre fuerte y duro de su cuello, su piel seca y tibia, su cuerpo solitario, pobrecito. Pero no lo hizo.

—Hay playas de arena blanca como azúcar, y palmeras tan altas como casas. Las mujeres son como de madera barnizada, y van vestidas siempre de blanco, blanca la ropa y las carnes como de caramelo. Y cómo andan... Todo en Cuba es blanco, y verde, y azul. Yo era joven y las mulatas eran tan fáciles de abrir como las naranjas, jugosas como las naranjas, perfumadas. El hombre más feliz del mundo y no me daba cuenta, maldita sea mi estampa... Me levantaba muy tarde, porque allí la vida es al revés. Me levantaba muy tarde y desayunaba los zumos de unas frutas que ni siquiera conoces. Después me iba al Tropicana. El mejor cabaret del mundo, Bella, y yo trabajaba allí y no me daba cuenta, ¿qué te parece? El Tropicana es un jardín, es como el paraíso, todo lujo, lleno de plantas que ni siquiera conoces, y una pista que se sube y que se baja, y allí sólo actúan los mejores, y los camareros son tan elegantes que parecen duques...

Y ella en la pista de sube y baja, bajo los focos, con ustedes nuestra gran estrella Bella Isa, un aplauso, un descorrerse de cortinas, ella deslumbrante en un traje de azabache negro, bordado a mano, con amplio escote a la espalda y manga larga, y en los puños un remate de boa también negra, o blanca, o roja, unos plumones espumosos como los que lleva Elena Burke en la foto de contraportada de su disco, y el Poco vestido de blanco, más joven, muy moreno, la chaqueta cruzada y un ramo de flores en la mano, un ramo que le subiría al escenario, y ella cogería las rosas entre aplausos, y al mover los brazos el marabú se estremecería acariciando suavemente sus muñecas.

—Bella...

—Qué.

—Vámonos.

—¿A dónde?

—A Cuba.

—Ay qué risa.

No hay más palmeras que las de cartón. No hay más mulatas que las del faldellín de paja dibujadas en la pared. No hay más playa tropical que la del despintado y despellejado mar del Desiré.

—Además el Fidel ése debe haber acabado con todas esas cosas. ¿No fue en Cuba en donde hicieron una revolución o algo así?

—El Tropicana sigue igual, Bella. El Tropicana sigue siendo lo mismo que era antes. Lo sé, tengo amigos, me lo han dicho.

—Bah.

El Poco escupió la colilla al suelo y la aplastó concienzudamente con la punta del pie, hasta desmenuzarla y untarla en la moqueta. Después esbozó una sonrisa inusual que dejó al descubierto el brillo de un diente de oro.

—Vámonos a Cuba, Bella. Tengo buenos amigos.

—Estás más guapo cuando te ríes.

—Vámonos a Cuba. Escribiré a mi compadre del Tropicana y él lo arreglará todo.

—¿Tú crees?

—Tú de cantante. Cantas muy bien. Tú de cantante y yo volveré a escribir boleros y tú los cantarás. Tengo buenas relaciones. Viviremos en La Habana, que es una ciudad donde hay que dormir de día y vivir de noche. Mi compadre me debe muchos favores y mandará los contratos.

Bella sintió un vértigo, un encogimiento en el estómago, como cuando, de pequeña, se tiraba al agua desde el borde de la alberca. Llena de libélulas, estaba el agua. Pero no era eso lo que le daba miedo.

—¿Y si no sale, Poco, y si tu amigo se ha muerto, o si se ha ido del Tropicana, o si no te hace caso? ¿Y si no podemos ir?

—Iremos. Tú y yo, y Vanessa también puede venir, si quiere.

—¿Vanessa? ¿Y por qué Vanessa?

—¿Y por qué no?

Porque era una imbécil. Porque era una extraña. Porque no tenía nada que ver con ellos, con el Tropicana, con el marabú, con el traje cruzado, con las rosas. Pero Bella apretó los dientes y no dijo nada.

—Vanessa es muy joven —añadió el Poco lentamente—. Y anda perdida, es como un pajarito al borde de una trampa. Me da pena. ¿Por qué no?

Le recuerda a aquella mujer que tuvo. Quiere salvarla, porque no salvó a aquélla. Es como si Vanessa fuera su hija, pensó Bella. Encendió un cigarrillo. Rompió un par de cerillas antes de conseguir la llama.

—Y si tienes tanta facilidad para volver a Cuba —preguntó de pronto con cierta irritación—. ¿Por qué no lo has hecho antes?

—Porque antes —contestó el Poco— no tenía ganas de vivir.

Y Bella consideró que ésta era una respuesta suficiente.

—¿Qué haces aquí tan pronto, Bella? ¿Qué estábais haciendo?

Menéndez acababa de entrar en el club y había empalidecido al verles juntos.

—Estábamos hablando de ti —contestó el Poco amablemente, mientras se retiraba con paso cansino a sus cuarteles de la guardarropía.

—¿Qué le has dicho? ¿De qué hablábais? —chillaba Menéndez, descompuesto.

Pero el Poco callaba y se guarecía entre las sombras, sonriente: su diente dorado agujereaba de chispas las tinieblas.

A Menéndez ya no se le quitó el nerviosismo en toda la noche. Escudriñaba a Bella con ferocidad, como intentando adivinar sus pensamientos. Se peleó con un quinceañero y le echó del club, porque traía un magnetofón portátil y puso una cinta de rock a todo trapo mientras Bella actuaba.

—Carrozas, que sois unos carrozas, fascistas, que sois unos fascistas —protestaba el chico cuando le echaban; tenía una cara de mala salud insólita para su edad y que le debía de haber costado mucha dedicación y esfuerzo.

Fue una mala tarde, en suma, con Menéndez refunfuñante y mosqueado. «Luna en La Habana, milisiana», comenzó a cantar Bella al filo de la medianoche, «claro de luna, en La Habana, sobre tus playas quiero, quiero yo soñar», playas de verdad, de azúcar, de arena calentita entre los dedos. En la playa del mural había teléfonos y direcciones apuntadas a bolígrafo, de cuando el club era de chicas. Todo lo demás se había despintado, menos eso. «Claro de luna, milisiana.» Lo de miliciana era por lo de Fidel, seguramente. Había interpretado muchas veces este bolero, pero ahora le parecía diferente. ¿Sería posible? ¿Sería posible de verdad? A fin de cuentas el Poco debía poseer buenos contactos y amigos poderosos. ¿Sería posible? Echó una ojeada al local: el inspector García, un par de borrachos solitarios, la vieja de las acelgas, dos parejas de novios sobadores. No era precisamente un público exquisito. A decir verdad ni siquiera era lo que se dice un público. Así reventaran todos, Menéndez incluido. Se iba a quedar con un palmo de narices, cuando le dijera que se iba. «Luna en La Habana, milisiana», y a Bella se le llenaba la boca de sabor a mar, y se ablandaba toda de melancolía venidera, de la nostalgia de lo no vivido, tibia nostalgia del futuro, «luna cubana quiero yo también», como si recordara las playas que aún no conocía, esas playas estrelladas en las que la felicidad maduraría como un coco, «luna en La Habana, milisia-naaaaaa...».

Estaba descargando sus pulmones en el pletórico «naaaaaa» final del bolero, cuando empezó a oír los primeros ruidos. Venían de la calle, del otro lado de la puerta: era un barullo de pequeños golpes, de risas sofocadas, de gañidos. Bella aplastó el último acorde de la canción contra el teclado del órgano, distraída, y se quedó contemplando el portón acolchado atentamente, como si su nivel de audición pudiera incrementarse al mirar mucho. El Poco, que estaba cerca de la entrada, se había dado cuenta también del alboroto: Bella le vio girar la cabeza y escudriñar la puerta. El ruido se detuvo; hubo un instante de silencio que pareció muy largo. Y, de pronto, la hoja acolchada se entreabrió y algo irrumpió en el Desiré como un relámpago: era un fulgor, una sombra oscura y movediza; era, sobre todo, un alarido atroz, tan infrahumano que Bella sintió que la sangre se le escapaba de las venas y por un instante cerró los ojos del espanto. La sombra cayó primero sobre los hombros del Poco, rozándole con sus gemidos y sus garras, y después continuó su enloquecida carrera sin destino. Era un gato, un gato enorme y negro que arrastraba tras de sí su rabo incendiado y crepitante, antorcha en carne y pelo, olor a piel quemada, a gasolina, y ese bramar de tortura, sobre todo. Volaba el gato por debajo de las sillas, saltaba por encima de las mesas, las llamas avanzaban, mordían ya su lomo, su barriga, cuanto más corría más se avivaba el fuego, cuanto más se abrasaba más corría, huyendo inexorable hacia la muerte. Se prendió entero en cosa de segundos, todo él era un ascua en carne viva. Comenzó a chocar contra los muros, sin duda ciego ya, sin cesar en sus quejidos bestiales, tan humanos; al fin cayó en una esquina convertido en un amasijo ardiente y tembloroso. El Poco se precipitó hacia él: había cogido el martillo de la caja de herramientas y comenzó a golpear furiosamente, golpeaba la masa achicharrada, golpeaba allá donde creía que estaba la cabeza, golpeaba con el fuego lamiéndole la mano. Al cabo se detuvo, sin resuello. El gato estaba inmóvil, las llamas se apagaban.

El inspector García pareció recuperar la movilidad de repente y se lanzó hacia la puerta, a la búsqueda de los autores del hecho. Uno de los novios se había desmayado: yacía sobre el sofá cabeza abajo. Una de las chicas chillaba intermitentemente con un ataque histérico. Uno de los borrachos vomitaba con discreción en la moqueta. El inspector volvió a entrar, pistola en mano:

—¡Se han escapado! ¡Se han escapado los muy hijos de perra! ¡Pero yo sé quienes son esos cabrones! ¡Ya os daré yo lo vuestro, maricones! ¡Hijos de la gran puta, desgraciados!

Y blandía el arma, excitadísimo.

Se calmaron algo después de que el Poco hiciera desaparecer lo que quedaba del gato. Todos bebieron coñac, incluso Menéndez, saltándose su costumbre abstemia. Menéndez se aferraba a su copa, lívido y desfalleciente: «Dios mío, dios mío», mascullaba, «que les he hecho yo, qué les he hecho yo, qué quieren de mí esos gamberros, qué quieren de mí esos gamberros, dios mío, dios mío»; por alguna extraña razón el pavor le hacía repetir todo dos veces. El inspector García, que había recuperado parte de su aplomo, intentaba tranquilizarle y le decía que no, que el gato estaba dirigido contra él, que eran los de la banda del Torcido, seguro que era cosa de esos chulos, se los había encontrado antes en el barrio chino y debieron seguirle al Desiré. Pero Menéndez meneaba la cabeza no acabando de creerle, y el inspector terminó por impacientarse y se marchó del club con su furor de autoridad burlada a cuestas.

Los clientes se habían ido —uno de ellos sin pagar la consumición— y el Poco apagó las luces del luminoso y se dispuso a cerrar: estaba muy pálido y se acariciaba de cuando en cuando un rasgón de sangre que el gato le había dejado en la mejilla. Si pudiera decirle que me abrazara, pensó Bella. Que me rodeara con sus brazos, y hundir mi cara en su cuello, y respirar su calor, y cerrar los ojos, y recuperar las playas de arena como azúcar. El Poco no le daba miedo, el Poco no le haría nunca ningún daño.

—Luna en La Habana, milisiana... —canturreó Bella, más que nada para romper el silencio. Pero el ruido de su voz le asustó más y se calló. Bebió el coñac de un trago, la copa chocó contra sus dientes, sintió náuseas. Peste de aire, olor dulzón a chamusquina, y un temor supersticioso, un barrunto de brutalidad y de desdicha.

# 9

Desde que le descubrió agazapado en la azotea, Antonia había evitado a Damián del mismo modo que el muchacho la evitaba a ella. El recuerdo de aquellos ojos bizcos, fijos en su pecado y en sus carnes, había perseguido a Antonia a través de muchas noches de insomnio, embargándola de una zozobra insoportable, dejándola tan envenenada de vergüenza que su mayor deseo era el de desaparecer sin dejar rastro. Tres días permaneció Antonia encerrada en casa y sin salir, por miedo a enfrentarse con el chico. Tres días con las persianas bajadas, licuándose lentamente en la penumbra. Al cuarto día había agotado todas las provisiones de la casa, y, aunque ella hubiera preferido dejarse morir de santa inanición, no tuvo más remedio que vencer su pudor y echarse a la calle, porque Antonio había anunciado que vendría a almorzar y era necesario comprar algo. No se cruzó con Damián aquel día, sin embargo, ni al otro, ni en toda la semana. Se encontraron al fin un martes cualquiera, de sopetón, frente a frente, al doblar la esquina de un descansillo oscuro. A Antonia se le paralizó el pulso en un latido y Damián farfulló unos cuantos ruidos inconexos. Después cada cual prosiguió su camino sin añadir palabra; pero Antonia, aunque sumida en un aturullado patatús, había advertido que el muchacho se había puesto rojo como un cangrejo, y que en su mirada no había rastro de malicia, sino un susto, un sobresalto, un desvalimiento que le dejó enternecida.

A partir de entonces Antonia comenzó a masturbarse en horas fijas, siempre sobre la colcha rosa de su cama, siempre bajo la ventana abierta, humedeciendo el lomo de peluche de Lulú con fantasías nuevas, con la ensoñación de que unos ojos de varón espiaban su estremecida desnudez. Eran unos ojos un poco estrábicos, idénticos a los del muchacho que estaba unos metros más arriba, en la azotea, meneando su inexperiencia y mojando de soledad las abrasadas baldosas del terrado.

Transcripción de las declaraciones hechas por
Vicente Menéndez a Paco Mancebo, reportero de
la revista *El Criminal*

Oiga, mire, yo es que prefiero no salir, a ver si me
entiende... No es que tenga nada que ocultar, o sea, a
ver si usted me entiende, pero luego estas cosas ya se
sabe. O sea, que yo le digo lo que sea, pero usted
luego coge y quita el nombre. Yo es que soy un hombre honrado, nunca me había visto metido en un
asunto semejante. Estoy nervioso. Tengo los nervios
hechos polvo con todas las cosas que han pasado.
Cosas horribles todas. La muerte reciente de mi
padre, luego esto... Usted quite mi nombre, ¿eh?
¿Me puedo fiar de usted? No me lo tome a mal, no es
desconfianza, usted me entiende... Yo soy un hombre honrado y nunca pensé que me iba a ver metido
en un asunto criminal, que hasta me han llamado a
declarar, una vergüenza, yo ahí ante el juez como si
fuera un ladrón. En fin, el hombre propone y Dios
dispone. Ya sabe usted que soy el dueño del Desiré.
De ahí que conociera a la acusada. Trabajaba para
mí, o sea, yo la tenía contratada. En mala hora.
Siempre sospeché de ella, se lo digo ahora muy cla-
rito: siempre. El Desiré es un club muy decente, no
se haga ideas raras, ¿eh?, es muy decente. Aunque
por desgracia, y porque el local era barato y yo no
soy rico por mi casa, sino que lo poco que soy me lo
he hecho yo mismo; decía que, aunque por desgracia
el Desiré está cerca de esos barrios bajos que se conocen como el Barrio Chino, usted ya sabe de qué le

hablo; bueno, pues a pesar de eso, mi club, desde que me lo quedé yo, hace casi ocho años, ha sido un sitio como debe ser. No ponga tampoco el nombre del club, ¿eh? ¿Cómo? ¿Que ya ha salido en la prensa? Bueno, pero una cosa es una cosa y otra cosa es otra cosa, usted me entiende... O sea, que si ahora todo el mundo se pone a hablar del Desiré, pues vamos dados... Eso, usted procure no mencionarlo, gracias. Pues lo que le decía, el club es un lugar tranquilo para tomar copas, y hablar con los amigos, y oír un poco de música, esas cosas. La acusada ya estaba en el club, trabajaba para la dueña anterior. La verdad es que debí despedirla, porque antes el local era de estos... como decirle... De estos con chicas, ya sabe. Pero la madama me aseguró que la acusada no tenía que ver, me la recomendó... Total, que me quedé con ella. Bella tocaba el órgano, cantaba boleros y, después, entre actuación y actuación, me ayudaba un poco en el servicio. Todo muy decente, nada de chica de barra ni cosas por el estilo. Así es que conozco a la acusada desde hace años, ya lo creo que la conozco, pero bien sabe Dios que no éramos amigos. Nunca me gustó la acusada, nunca me gustó, que lo grabe bien este cacharro, porque es verdad. Nunca me gustó, y no lo digo hoy porque ella esté con las manos manchadas de sangre. No señor, no. Nunca me gustó. Manteníamos una simple relación profesional. Bella era una mujer... grosera. Ésa es la palabra. Poco educada. Muy... respondona. Una verdulera. Y además siempre pensé que era un poco fresca, usted ya me entiende. Nunca hizo nada fuera de lugar en el club, claro: yo no se lo hubiera permitido, faltaría más. Pero no es el tipo de mujer con quien yo me habría casado, a ver si me explico. Loca no, no estaba loca para nada, o sea, que si ahora dicen los abogados y esas gentes que Bella estaba loca cuando hizo lo que hizo, usted no lo crea. Palabra de Vicente Menéndez. Estaba bien en sus cabales, ya lo creo, si lo sabré yo. No sé, pero a mí me parece que si hizo lo que hizo debió ser por una cuestión... de cama, a ver si usted me entiende. O sea, que la acusada y la víctima se conocían, se conocían desde hace mucho tiempo, que eso lo sé yo, se conocían antes de venir al club. Yo creo que habían tenido o tenían alguna historia, algún apaño, vamos, eso estaba más claro que el agua. A Bella le gustaba el hombre ese, eso desde luego. A mí, dicho sea de paso, no sé si esto le interesará para el artículo... Bueno, pues a mí tampoco me gustaba la víctima. Iba siempre tan estirado, con esa cara de malhuele, como si fuera más importante que los demás. ¿Habitual? Oh, sí, solía venir de vez en cuando. Pero no hablaba con nadie. Sólo con Bella. Y un poco también con el inspector García. Yo no sé cómo hacía migas con el inspector García, que siempre me ha parecido muy buen hombre. Mire, me cae usted bien. Le voy a decir una cosa que... Pero no lo ponga usted en mi boca, ¿eh?... No gracias, no fumo, muy amable... Pues lo que le digo es que a mí me parece que la víctima tuvo algo que ver con la... con la horrible desgracia que sucedió antes de que Bella decidiera tirarle por la ventana. No, no, yo sólo digo lo que digo, no digo más, y ya es bastante. Usted investigue, que para eso es el reportero... ¿El día de autos? Vinieron a buscarme los señores policías y ya no vi más a Bella. Después me enteré de lo que había hecho. No me sorprendió: ésas son cosas que pasan cuando... Cuando no llevas una vida muy decente, usted ya me entiende. Por celos, lo hizo por celos, estoy seguro. Y es lo que yo digo. Se empieza siendo una mujer de vida fácil y se termina en la cárcel. Ésa es la cosa, sí señor: quien mal anda, mal acaba.

# 10

Siempre quedaban en el mismo restaurante, un comedor económico que apestaba a grasa y a frituras. Pero a Luis parecía entusiasmarle.

—Prueba, prueba el pisto. Lo hacen igualito que lo hacían en mi casa. Igualito. Está bueno, ¿eh? —solía decir el muy cretino.

Era un animal, pensó Antonio, pero no disponía de otra cosa. A fin de cuentas había estudiado para maestro antes de meterse policía. Claro que no se le notaba nada la cultura. Los niños no sabían de qué martirio atroz se habían salvado.

—¿Ha pedido ya el señor?

—Estoy esperando a un amigo. García, ya sabe usted.

—Ah, sí, como no, el señor inspector.

Luis se estaba retrasando. Solía ser puntual, las cosas como son. A Antonio le sacaba de quicio esperar. Le parecía que todo el mundo le miraba con conmiseración o con risitas.

—Tráigame una botella de agua mineral sin gas. Bien fría, por favor.

En la mesa de enfrente había una mujer muy guapa. Tenía una larga melena, tan densa y brillante como si fuera de metal. Grandes ojos negros, piel tostada, morros tentadores. Unos veintiocho años. Ella no. Ella no le miraba, ni siquiera con conmiseración o con risitas.

—Aitor, ven aquí, Aitor, te he dicho que vengas. Aitor, ven aquí inmediatamente y tráete a tu hermana.

La mujer llamaba a sus hijos sin gritar, pero lo suficientemente alto como para que todo el restaurante se enterase. Eran dos niños pequeños, dos enanos repugnantes de unos dos y cuatro años, que recorrían el local pedorreando y metiéndose entre las piernas de la gente.

—Aitor, por Dios... ¡Verónica!

La mujer tenía el tic de sobarse el pelo. Hundía su linda mano en la opulenta masa y la echaba para atrás, como despejándose la frente. El cabello caía en cascadas, se ondulaba, flotaba y se aposentaba como si fuera seda. Era un gesto lleno de gracia que la chica debía haber ensayado un millón de veces desde la pubertad. Era un gesto de mujer que se sabe hermosa, pensó Antonio.

—Hola, hombre, Antonio, perdona la tardanza, pero es que hemos tenido una mañana de abrigo.

—Ah, hola. No importa, no te preocupes.

—Qué mañanita —resopló el inspector García dejándose caer en la silla—. No veas, tú. Ha habido un desalojo en la Montaña del Fraile. Unos gitanos. Los cabrones habían llamado a toda la parentela. Lo menos había 300 gitanos. Han armado un cisco de la hostia. ¿No te has enterado? Ha sido ahí mismo, en la Montaña del Fraile... Sí, hombre, el barrio ese que hay ahí detrás, te metes por la calle Carranca y al llegar al depósito de agua... ¿Sabes cuál es la calle Carranca? Mira, vas por la alameda todo derecho, llegas al mercado, tuerces por la primera a la derecha y después...

—Déjalo, Luis, me da lo mismo.

—Pero si es muy fácil. Mira...

El marido de la chica estaba sentado frente a ella. Porque tenía que ser el marido. Calvo, alto, barrigón, los ojos grises. Derrumbados restos de una belleza que no había resistido la proximidad de los cuarenta años. Gesto helado y expresión de mala leche. Desde que habían llegado, la chica y él no habían intercambiado una palabra.

—Y ahí, justo detrás de las antiguas cocheras que están detrás del depósito de agua, justo ahí, es la Montaña del Fraile. No pareces de la ciudad, macho.

—No soy de la ciudad.

—Verónica, quítate de ahí... ¿No ves que si abren la puerta te van a dar en la carita? —dijo la chica.

El inspector García se volvió a mirarla ostentosamente, apoyando un codo sobre el respaldo de la silla.

—Está buena la tía, ¿eh? —dijo después, guiñando un ojo a Antonio.

—Está.

García estudió a los vecinos de mesa con gesto profesional, frunciendo las cejas, como el pintor que calibra el encuadre de una naturaleza muerta.

—Unos pelanas —concluyó tras su rápido examen—. De vida irregular. Rojillos. De los que van a manifestaciones de vez en cuando. Unos muertos de hambre. A la tía le debe de gustar follar. No hay más que verla. Todas éstas son iguales. Seguro que es fácil.

—Si tú lo dices.

El marido, porque tenía que ser el marido, vestía todavía los pantalones vaqueros de la primera juventud. Rozados, desteñidos, reventados. Abrochados penosamente bajo la tripa enorme, la barriga invasora de los malos tiempos. Esa lorza de carne temblorosa era la condecoración de su fracaso. Eso y la boca seca, eso y su mutismo. Ni siquiera hablaba con los niños.

—¡Verónica, Aitor! Vais a conseguir que me enfade, ¿eh?

Y ella derramando su pelo deslumbrante y quejándose de sus hijos aunque en realidad querría quejarse de otras cosas.

—Para mí de primero pisto. Y luego quiero huevos fritos con morcilla y patatas fritas. Muchas patatas fritas, Manolo.

García comía como un energúmeno. A Antonio, que era de natural frugal, le repugnaba un poco esa voracidad, esa glotonería del inspector, su ruidosa ensalivación, el lustre grasiento con que se embadurnaba la barbilla.

—Yo quiero una ensalada y merluza a la romana.

—Es congelada.

—Qué se le va a hacer.

La chica, sin embargo, almorzaba como un pajarito. Más que comer desperdigaba la comida por el plato, como una niña.

—Bueno, venga, Antonio, larga ya de una vez. ¿Qué tal ha ido la cosa?

—¿Qué cosa?

—Joder, no te hagas el tonto conmigo, macho... ¿Te has follado a la aviadora, o no?

—Julia. Ésta se llamaba Julia.

—Bueno, como se llame. ¿Está buena?

Antonio sonrió. Julia morena, Julia de risa blanca y carne tensa.

—Sí, sí. Estaba muy bien.

—¿Estaba? ¿Ya te la has quitado de encima?

—Le puse una conferencia a su marido. Le dijo que quería dejarle y que se venía a vivir conmigo.

—Jo, macho, eres la leche...

Lo mejor del inspector era esto, su admiración y su envidia. No era mal tipo García, después de todo. Era capaz de envidiar sanamente, sin ocultar su despecho. Cuanto más irritado y embelesado se mostraba el inspector, más orgulloso y excitado se sentía Antonio. En cierto sentido era como volver a poseerlas otra vez.

—Qué le harías tú, so golfo... Le diste un buen galope y se quedó loquita, ¿eh?

—Pero qué bruto eres, Luis. No se trata sólo de follar. A las mujeres les tienes que dar dulzura, y mimos, y atenciones. Hay que tratarlas como si fueran reinas. Son unas románticas, las mujeres.

—Quita, quita, déjate de tonterías. Donde esté un buen polvo que se quiten las florituras. Eso es lo que les gusta a las mujeres, un buen macho, que te lo digo yo, Antonio, que te lo digo yo.

A lo mejor hasta tenía razón. García era bruto, pero sensato. La chica de enfrente, la de la cabellera de fuego, necesitaba un macho, se le notaba. Un macho para gemir, y cómo gemiría ella, con esa boca tan carnosa. Un macho para deshacerse, para acariciarle con el suave plumón de su pelo, para envolverle en su melena mineral, para atraparle en el laberinto de sus cabellos, para estrangularle con la hermosa y letal maraña de sus rizos. Antonio se estremeció.

—¡Pero hombre, ¿en qué estás pensando?! Que digo que entonces a la Celia esa te la tiraste.

—Julia. Sí, claro.

—Jo, eres la leche. Cuenta, cuenta, ¿cómo es la tía?

—Ya te he dicho que está muy bien.

—Sí, sí, pero con más detalle, hombre, con más detalle. ¿Es alta, es baja, cómo anda de carnes, es muy tetuda, es...?

—Es como... Tan alta como yo, sin zapatos. Siempre llevaba tacones altos. Es toda una señora, sabes, muy elegante. El pecho pequeño y la cintura pequeña y las caderas grandes y un culo, bueno, el culo es de campeonato, respingón, redondito, una maravilla.

—Son las que más me gustan a mí, sabes, las de culos en pompa —comentó García melancólicamente.

—Y la piel tostada y suave... Estas mujeres se cuidan mucho, se conservan muy bien.

—Y qué, ¿es de las fogosas? ¿De las que se mueven y dicen cosas? ¿De las guarronas? A mí las que más me gustan son las guarronas.

—La primera vez se quedó muy quieta. Pero des-

pués, bueno... De todo. No veas. Hacía de todo. Putí-
sima. Como un volcán.

Como un náufrago de sed insaciable. Como un
pozo sin fondo en el que uno podía caerse. Como
un abismo. Como un vampiro. Gorgona de cabellera
asfixiante. La chica de la mesa de enfrente encendió
un cigarrillo.

—Oye, Antonio, y dime, ¿te la chupó?

La chica fumaba del mismo modo que se aventa-
ba los rizos, con artificiosa naturalidad. Era tan
bella que no necesitaba mirar alrededor para saberse observada. Se interpretaba a sí misma sin dignar-
se a contemplar a los espectadores, consciente de
que no podía por menos de ser el centro de atención
allí donde estuviese.

—Eres la leche, macho, cómo te lo montas. Es
que así, soltero como tú, es más fácil. Si tú tuvieras a
la parienta y a los niños en casa ya verías... —se en-
celaba García.

—Verónica, ven aquí, mi vida, que nos vamos
a ir.

Y mientras tanto su marido, porque tenía que ser
su marido, revisaba la magra cuenta, resumaba las
cifras, verificaba los precios con la carta, torcía el
gesto al desplegar los sobados billetes y los colocaba
sobre el platillo uno a uno, lentamente, alisando los
bordes, como despidiéndose amorosamente de ellos.

—Pero tú ten cuidado, macho, que un día te vas a
meter en un buen lío. Los pilotos estos son casi todos
militares, van armados. Un día te va a pillar un marido y te va a meter dos tiros.

Siempre era igual. Todas las comidas quincena-
les transcurrían del mismo modo, con la avidez de
García, con sus preguntas y comentarios obscenos, y
después, ya al finalizar, el bilioso aviso de que todo
placer tiene su riesgo.

—O si no, imagínate que un día te denuncia alguna pájara. Figúrate.

La chica se puso en pie. Alpargatas, un capazo de paja, ropa barata. Y esa manera de mover las manos, como reclamando un destino de brillantes para ellas. Era demasiado hermosa y demasiado fácil. Ahí estaba, erguida, luciendo el cuerpo, llenando el aire con su urgencia. Era una mujer desdichada y Antonio sabía mucho de mujeres desdichadas. Bastaría con ponerle una mano en el hombro, bastaría con mirarla como necesitaba ser mirada. Pero era demasiado fácil. Hermosa y triste y pobre. Olería a aceitoso pachulí comprado en puesto callejero. O a desodorante de supermercado, oferta de la semana. O a colonia de limón a granel, un litro en botellón de plástico. Antonio prefería sus mujeres de lujo, prefería hurgar en la insatisfacción de aquellas que parecían poseerlo todo, de aquellas que deberían estar plenamente satisfechas.

—Tú calcula: falsa identidad y además estupro. Porque te podrían colgar un estupro, que los abogados son muy hábiles. Te puede caer una buena, Antonio. Algún día te vas a alegrar de tenerme como amigo. Algún día vas a tener que echar mano de tu compadre el policía, y si no al tiempo.

La mujer se detuvo un momento en la puerta, agitó el pelo, suspiró. El hombre había salido ya, sin esperar a nadie. Ella empujó a sus niños suavemente, como un pastor que guía sus ovejas, y luego desapareció. A pesar de todo dejó tras de sí el pequeño silencio de su ausencia.

—Acabarás por tener que pedirme ayuda, que te lo digo yo...

Y Antonio pensó que sí, que quizá el inspector García pudiera serle útil algún día.

# 11

Siempre reservaba el asiento, a ser posible ventanilla y en dirección a la máquina, porque aunque el tren nunca iba lleno no podía evitar un miedo irracional a que le dejaran sin lugar. Frente a ella estaban dos monjas jovencitas de cejas rectas e hirsutas que parecían gemelas y a las que sonrió amablemente. Junto a la puerta, un viejo de nariz amoratada tosía de vez en cuando de modo apocalíptico y luego escudriñaba atentamente en su pañuelo el matiz de los esputos producidos. El resto del compartimento estaba vacío, afortunadamente: ni niños llorosos ni adolescentes groseros comechicles. Estaba de suerte.

La locomotora retembló y se puso en marcha; Antonia se apresuró a santiguarse ante la beneplácita y cómplice mirada de las monjas. Buena falta le hacía la ayuda del Supremo. No para ahuyentar calamidades, no para conjurar descarrilamientos, sino para combatir el tedio. Siete horas. Tenía siete horas por delante, un largo trayecto que conocía de memoria. Llevaba más de veinte años haciendo una vez al mes el mismo viaje hasta su pueblo natal, traqueteo de ida y vuelta aburridísimo y, en medio, la oscura casa de su infancia, en la que su madre cada vez parecía más perdida, más pequeña. Suspiró vigorosamente para liberar su esófago de ese extraño ahogo que de vez en cuando sufría, «como si tuviera una piedra en el pecho, mismamente», le había explicado al doctor Gómez. En el transcurso de esos veinte años Antonia había ido viendo crecer el país al otro lado de las ventanillas, había visto cómo se construían las fábricas de piensos en la llanura, cómo las ciudades se agrandaban con la monotonía de hormigón de su barrios periféricos, cómo envejecían y se desconchaban los apeaderos, cómo la niña pequeña del jefe de estación de Zuriarte se convertía en un pimpollo casadero.

Alenda, Castillo de Noria, Castrolar, Medinavieja. Las estaciones se sucedían en su orden sabido e inmutable. Las monjas rezaban el rosario en silencio y el viejo gargarizaba flemas mansamente. Seis horas. Quedaban seis horas todavía. Imaginó su llegada a Malgorta: la pequeña estación atardecida, las viejas calles de su niñez, el pueblo cada día más vacío, la fuente de la plaza en la que Antonio solía botar barcos de corcho y que ahora estaba sin agua y con malas hierbas rompiendo el pedernal. Parecía mentira que unos hierbajos pudieran rajar la dura piedra. Un poco más allá, a la vuelta del Ayuntamiento, estaba su casa. Cuadrada y gris y fea. Era la más grande de todo Malgorta. Ya era demasiado grande incluso en los buenos tiempos, cuando tenían sirvientes y animales. Ahora, con madre viviendo sola, la casa había crecido y se había vuelto salvaje. Antonia ya no se atrevía a entrar en los dos pisos superiores, no se atrevía a abrir las puertas de las habitaciones insurrectas. A saber qué habría allí, después de tantos años de desuso. Madre vivía y dormía en la cocina, que era tan amplia como un salón de baile. Y cuando Antonia la visitaba, ponían una cama en el cuartito de los aperos de labranza, anejo a los establos. Allí dormía Antonia sin dormir, contemplando los gruesos clavos de la pared, como muñones oxidados, de los que antes colgaban los cabezales de las mulas. Allí se desvelaba escuchando los ruidos de los pisos superiores, sonoros retortijones de casa abandonada. Y desde allí oía los murmullos, las letanías, los bisbiseos de madre, que hablaba en sueños. Porque madre estaba un poco loca. O a lo mejor era que vivía ya en ese otro mundo de los viejos y los ciegos. A veces, mientras comían en silencio en la mesa enorme de familia grande, a su madre le lloraban los ojos miopes por sí solos, y derramaba gruesos lagrimones sobre los huevos fritos o las lentejas, sin que la vieja se apercibiera de su propio llanto. A veces hablaba de su marido como si aún viviese, con el mismo miedo de antes en el sigilo de su voz.

—Padre ha muerto, madre —le decía Antonia entonces.

—Calla, calla, que te va a oír.

Antonia sentía de vez en cuando remordimientos por tener a madre allá, sola y tan lejos. Pero luego pensaba que fue precisamente su madre la que insistió en que se fuera, cuando padre murió después de arruinar el patrimonio en las fulanas; ella era entonces una moza ya crecida que aún no había tenido pretendiente. «Vete, Toña», decía madre, «vete con tu hermano a la capital, que allí verás el mundo, conocerás más hombres y serás más feliz que en este pueblo». Porque su madre era de la ciudad y se había establecido en Malgorta tras la boda, y siempre odió esa localidad reseca en la que fue infeliz.

—Altarbe cinco minutos... Altarbe, cinco minutos de parada.

De repente el sofoco, la piedra, el ahogo, le trepó a Antonia pecho arriba y se le atrancó en la garganta, impidiéndola respirar. Se levantó de un salto, se abalanzó sobre la ventanilla, la abrió. El vagón estaba refrigerado y el calor exterior entró como un latigazo, sucio y pegajoso, con ese olor descompuesto a aceite pesado que poseen las estaciones. Acodada en la ventana, Antonia boqueó durante unos segundos, sin que el aire la alimentase, mareada. Cuando se repuso un poco volvió el rostro: sus compañeros la miraban con gesto reprobador y digno.

—Disculpen... —dijo Antonia cerrando el cristal.

Se sentó de nuevo, avergonzada. «Tengo que tomarme las pastillas», pensó. Pero los sedantes estaban dentro del neceser, y el neceser estaba bien cerrado y colocado en la rejilla, y no se atrevía a armar tanto revuelo, y además ya se sentía un poquito mejor.

El tren arrancó y un nuevo pasajero entró en el compartimento. Era un muchacho muy joven, de ojos crudos y aspecto extranjero. Pantalón corto, camiseta sin mangas y unos pies enormes embutidos en playeras. A su espalda llevaba una voluminosa mochila anaranjada que se apresuró a descargar con un bufido.

—Buanas tardis.

Dijo el chico, atentamente. Era flaco y muy rubio y el sol había pintado su piel de un rojo doloroso. Se sentó junto a Antonia, sacó un libro en lengua extraña y se puso a leer. Olía a sudor fresco y joven y a Nivea.

Torrera, Valviciosa, Almena del Río. Los pueblos pasaban rápidamente al otro lado de la ventanilla con un trepidar acompasado. Las monjas leían ahora unos libros de oraciones idénticos, pasando las páginas al mismo tiempo, como si lo tuvieran ensayado. El viejo dormitaba boquiabierto y ruidoso. El alemán (todos los extranjeros rubios eran alemanes para Antonia) despedía un calor de estufa portátil, de epidermis torrefacta. Antonia le miró a hurtadillas. El pecho lampiño y estrecho, sin acabar de hacer; los brazos desmesurados y huesudos, como si tuvieran más de un codo. Pero las piernas parecían de otro hombre, largas, robustas, tan desnudas como un pecado. Los pantalones cortos eran de verdad muy cortos y dejaban ver la musculosa curva de los muslos, cubierta por una pelusa de oro deliciosa. Antonia recordó los pelos negros que ensombrecían las gruesas muñecas de Damián y la boca se le quedó seca y sintió como unas repentinas ganas de orinar.

Eso de mirar las piernas de los chicos no debía ser nada bueno, así es que Antonia suspiró y retiró la vista con esfuerzo. La ventana se deslizó sin detenerse sobre el apeadero de Horrillos y los ojos de Antonia cayeron de nuevo sobre las tibias carnes alemanas. El chico balanceaba un pie en el aire y el muslo se le movía todo, duro y elástico. Tan cerca. Sería tan fácil extender la mano, rozar el calor de esas piernas, tocar su piel dorada como el pan. Antonia se agarró con fuerza a los brazos de su asiento, porque los dedos le hormigueaban de hambre. «Estoy loca, yo es que estoy loca», se dijo, alarmadísima, e intentó concentrarse en el monótono traqueteo del vagón. Pasaron Valbierzo y su nueva pestilencia a industria química. Dejaron atrás Corrullos, el tren giró y algunos rayos de sol tardío cayeron sobre las piernas del muchacho, que se incendiaron en una tonalidad resplandeciente. Estaban atravesando la interminable recta que separa Corrullos de Bernal, y a ambos lados de la vía se extendía la llanura pedregosa. Antonia sabía que quedaba al menos media hora para alcanzar Bernal, y que después vendrían inexorablemente Ruigarbo, y Altañiz, y Santacruz del Campo, y Valones, y Zuriarte, y Saldaña, y Peltre, y al fin Malgorta. Veinte años de ida y vuelta en un trayecto inalterable. Bernal Ruigarbo Altañiz, Santacruz delante de Valones, nada impediría que Saldaña llegara tras Zuriarte, tal era la inmutabilidad de este orden, de esta eternidad ferroviaria. Antonia comenzó a sentirse mal, era de nuevo el mareo, el vértigo, el ahogo. Y, de repente, sucedió: Antonia se olvidó de respirar. Era ridículo, ella siempre había respirado, sabía hacerlo, era capaz de respirar hasta durmiendo. Pero ahora no recordaba la manera, y sus pulmones se secaban en un paralís de desmemoria. El tren volaba, el sol caía y ella se asfixiaba en el olvido de su propia respiración. Al cabo, tras una enormidad de tiempo y de terror, sus pulmones se pusieron de nuevo a funcionar, tan enigmática y autónomamente como se habían parado. Tenía la nuca empapada en sudor frío, aunque la temperatura del compartimento se mantenía agradable.

La máquina redujo velocidad y entró en Bernal resoplando. Antonia miró por la ventanilla, aún atontada: una estación vacía y calurosa; un carrito de niño abandonado en un andén; más allá, por encima de las vallas de uralita, las torres de cemento de un barrio en expansión. Antonia no había estado nunca en Bernal, y esta ciudad era para ella como un decorado de teatro: la costumbre había convertido todo el itinerario en una sucesión de cromos planos, de modo que Valbierzo era sólo los azulejos rotos de la estación, Valones el reloj de marco de madera que colgaba de un poste, y Bernal estos andenes y la punta de las sucias torres de cemento. Pero ahora Bernal adquirió volumen de repente, y Antonia comprendió, por primera vez, que la ciudad se extendía más allá del fragmento que abarcaba la ventana: cientos de calles que nunca había pisado, miles de personas a quienes nunca había visto. Tragó saliva, deslumbrada ante la inmensidad del mundo. ¿Y si me bajara? ¿Y si me quedara aquí? Lo colosal de la ocurrencia le dejó sin aliento. El tren temblaba con resuello hidráulico y los minutos de la parada se consumían rápidamente. ¿Y si me levantara, recogiera el maletín de la rejilla, saliera del compartimento, me bajara del vagón? Qué vértigo, qué desfallecimiento, qué emoción. Llevaba el billete de vuelta, cinco mil pesetas que Antonio le había dado para madre, mil doscientas pesetas suyas, una muda de ropa interior, una blusa de repuesto, un camisón, las pantuflas, un cepillo de dientes, un peine, polvos compactos, las medicinas que le había recetado el médico, una botellita de plástico con colonia, dos pañuelos, las medias de seda de la señora Encarna, un pequeño estuche de cretona con útiles de costura, una rebeca por si acaso hacía frío, un tubo de aspirinas, una estampa del Niño del Remedio, un sobre con tiritas, una revista femenina. ¿Y si me bajara? Ahora era distinto. Ahora las mujeres iban y venían solas a todas partes, y eran médicas, y abogadas, y hasta guardias de la porra. Se imaginó de pie sobre el andén vacío, agarrada al neceser, contemplando como el tren pitaba y se perdía a lo lejos, camino de Malgorta; intentó ir más allá y verse a sí misma saliendo de la estación hacia lo ignoto, pero la escena se desvaneció: era incapaz de imaginar aquello que no conocía. La locomotora silbó, anunciando la salida. Ahora, ahora o nunca, Bernal ahí fuera, esperándola, Bernal inmensa, ciudad fabril, reseca ciudad de la llanura. Ahora, ahora o nunca, pero el vagón crujía y ya empezaba a deslizarse, y Bernal resbalaba lentamente al otro lado de la ventana y sus dimensiones se contraían hasta encerrarse de nuevo en el cromo plano y conocido.

Antonia se recostó sobre el respaldo y suspiró con decepción y alivio. El tren iba adquiriendo velocidad y atravesaba ya las peladas lomas camino de Ruigarbo. El muchacho seguía leyendo con el libro apoyado en la opulencia de sus muslos, el abuelo escupía los bronquios en un acceso de tos, las monjas hacían pasar de nuevo las cuentas del rosario entre sus dedos, y Antonia, entrecerrando los ojos, decidió unirse a ellas en sus rezos y comenzó a musitar para sí misma el tercer misterio doloroso.

## 12

Era una noche de barcos, o sea, de trenes, y Bella no podía dormir. La ventana daba a un patio interior, pero arriba del todo se veía un cuadradito de cielo y se notaba que ya estaba amaneciendo. Era un amanecer plomizo y bajo, de esos que preceden a los días de mucho calor. Bella dio una patada a la sábana y se despatarró sobre la cama. Qué terrible cosa es el insomnio.

Pitaban y pitaban, a lo lejos, las locomotoras de la estación, como un quejido. Igual que sus barcos de Malgorta, que sus infantiles naves de secano. Qué tristes eran, ululando en busca de agua entre las piedras. Bella se lamió la mella, pensativa. Ahora el mundo había crecido y ella también, y ya no tenía más remedio que saber que los trenes eran sólo trenes y los silbidos, silbidos, traídos a lomos del aire urbano, que es un viento sin norte que recorre desordenadamente las ciudades.

Esa noche, es decir, hacía unas horas, el Poco la había acompañado a su casa, como siempre. Al cruzar de acera, cuando doblaron por la plaza, el Poco la había agarrado de un hombro. Tenía la palma ardiente y seca, como de fiebre. Entonces ella le cogió la mano y le apretó suavemente los ásperos dedos contra su cuello. Anduvieron así un buen rato, quietos, sin hablarse, como disimulando su contacto. Pero cuando llegaron al portal el Poco se desasió bruscamente y se marchó sin añadir palabra. Bella intuyó entonces que la noche iba a ser larga, una noche de insomnio y muchos trenes.

Cuando Bella dormía sola, en la habitación siempre había un rincón habitado por el miedo. A veces se quedaba ahí quieto, sin salir, sin atacarla, pero aún así ella sabía que existía, que permanecía allí agazapado. A veces el miedo aprovechaba los chirridos de la oscuridad, los crujidos del silencio, y entonces salía de su rincón y caía sobre ella como un rayo. Era su propio miedo, la conocía bien, y no había manera de defenderse de él. En esos casos Bella se limitaba a encogerse en la cama, a arrimar la espalda a la pared y a esperar que amaneciera. Era un miedo muy pertinaz.

¿Por qué la acompañaba el Poco cada noche? Y además hablaba con ella, hablaba mucho, ella era su única amiga y confidente. Se sentaba junto a la barra y le contaba cosas del Tropicana, o de África, asuntos íntimos, historias de tierras lejanas y de tiempos pasados. En ocasiones le brillaban los ojos como si quisiera llorar, aunque el Poco, claro, no lloraba; y acariciaba la mejilla de Bella, o le rozaba el pelo suavemente. En esos momentos Bella tenía la certeza de que el Poco la quería. Pero después el hombre se apagaba, como si se le secase algo por dentro, y parecía estar tan lejos de ella como sus recuerdos africanos. Entre unas cosas y otras Bella andaba inquieta y melancólica.

Se escuchó un nuevo pitido ferroviario. Bella se incorporó en la cama y encendió un cigarrillo. ¿Por qué la abandonaba el Poco cada noche? Y, sin embargo, quería llevarla a Cuba. Con él. Quería llevarla a Cuba y unirse a ella atravesando un océano, que era cosa que sacramentaba más que un cura. Esta vez todo podría ser distinto. Los dos eran mayores, los dos habían sufrido. Podían ser amigos, compañeros, algo que ella había creído imposible de conseguir con un varón. Sin celos, sin pasión, sin sufrimientos. Allí, en Cuba, se conocerían mutuamente hasta en los más pequeños entresijos, y se adivinarían, y se consolarían, y envejecerían juntos lentamente, muy lentamente, porque dicen que en los trópicos la vida es larga y la vejez tardía. Necesito un corazón que me acompañe, que sienta todo, que sea muy grande, que sienta sobre todo lo que siento. Los boleros habían nacido en Cuba porque allí la vida era verdad. Aquí las palmeras eran de cartón y los mares de neón y todo parecía el reflejo de un reflejo. Pero allí las playas eran playas, y el éxito era éxito, y el amor, amor. Cuba era el mundo y ella había vivido siempre en una esquina. Pero Cuba estaba muy lejos, demasiado. Bella hubiera preferido que el Poco no hubiese dicho nada. Hubiera preferido no recordar que Cuba existe, porque se sufre menos sin deseos.

De pequeña Bella tenía un remedio contra el miedo. De pequeña se metía en la cama y escuchaba trastear a su madre en la cocina, tintineo de peroles, gorgoteo del agua de los cubos, el raspar de la escoba contra el suelo. Después, cuando todos los ruidos se apagaban, oía los pasos de su padre: atravesaba la pieza delantera, cerraba bien la puerta y cruzaba la tranca de madera. Y entonces, cuando reconocía el golpe del tablón contra los travesaños, Bella sabía que ya podía dormir tranquila, que los peligros se habían quedado fuera y el mundo estaba en calma. Pero ahora no había tranca, ni pasos paternales, ni chapoteo de platos en la pila. Sólo había las brumosas sirenas de los barcos, que ya no eran ni barcos, que ya no era ni bruma.

# 13

El portero se marchó de vacaciones y dejó la administración de la casa en manos del sobrino. Un día Antonia estaba viendo la televisión y abanicándose con un sobre viejo cuando sonó el timbre de la puerta. Eran las cuatro de la tarde.

—Bsssintessanidoscibos —farfulló Damián; estaba de pie en mitad del descansillo, muy lejos del umbral, como si hubiera dado un salto atrás después de haber llamado.

—¿Cómo?

—Sanidoscibos... —repitió, cabecigacho.

—Ah, sí —comprendió al fin Antonia ante la evidencia de un puñado de recibos temblorosos que el muchacho le alargaba como quien ofrece una mano al verdugo para que se la corten.

—No... No tengo dinero aquí —añadió, confusa—. Tendrá usted... Tendrás que esperar a que venga mi hermano.

—Noimport —respondió Damián en un murmullo.

Y se quedaron los dos callados como dos tontos, embebidos en la contemplación del embaldosado, que no ofrecía ningún pormenor interesante. Antonia observó los pies del chico: playeras de un blanco grisáceo, con rayas azules desteñidas. Playeras enormes, como las del alemán del tren. Sintió nuevamente unas repentinas ganas de orinar.

—¿Quieres... quieres tomarte un café? Se lo puedo dar con hielo, si quiere... Mi hermano siempre lo toma con hielo, digo ahora, en verano —se calló, sin encontrar nada más que decir, espantada ante la perspectiva de un silencio—. Es muy bueno para la digestión, el café con hielo, digo.

Nada. El chico seguía allí, mudo y quieto como una piedra.

—Aunque hay personas que dicen que el café les pone muy nerviosos y que les sienta mal —añadió Antonia, en plena desesperación—. Eso va en gustos. Para los gustos hay colores. Sobre gustos no hay nada escrito.

—Nonochasgracias —dijo al fin el chico.

Pero no hacía ademán de irse. Seguía plantado ante ella, amasándose las manos y haciendo crujir las articulaciones. Alzó la cara y lanzó una mirada fugaz a la mujer.

—Sí —dijo de pronto con voz inusitadamente nítida—. Sí, gracias, me lo he pensado mejor, sí quiero ese café.

Pasaron los dos a la cocina. El sol achicharraba la persiana metálica y la nevera ronroneaba en una esquina. Antonia se puso a trajinar con el puchero del café mientras buscaba afanosamente algún tema apropiado de conversación. Pero no se le ocurría nada: tenía un agujero en la cabeza allí donde normalmente solía tener el cerebro, y se sentía cada vez más torpe y desdichada. Llenó un vaso con el brebaje ardiente y se lo dio al muchacho; sus manos se rozaron y fue como meter los dedos en un enchufe: electrocutante. Oh, Dios mío, estoy horrible, estos pelos, esta bata, gimió Antonia para sí, alisando la falda sobre las voluminosas caderas, atusándose los rizos del flequillo, maldiciéndose por no haber ido esa mañana a la peluquería, como había pensado en un principio. En su atontolinamiento olvidó meter el molde de los hielos bajo el agua, y estaban tan escarchados que no había manera de sacarlos. Cogió un cuchillo y apuñaló ferozmente la bandeja de cubitos, y en una de esas se cortó un poco en un dedo.

—¡Uy!

Se quedó quieta, asustada por su propia sangre, conteniendo unos tremendos deseos de llorar. No por el dolor, que no le dolía, sino por todo. Damián carraspeó (era un tic, una especie de rugido, y la nuez le subía y le bajaba) y se acercó a ella; tomó la gordezuela mano lesionada, se la llevó a los labios y bebió suavemente de la herida. Estaba así, lamiendo el corte ante una Antonia estupefacta, cuando volcó inadvertidamente el vaso y se vertió todo el café hirviente en la pechera.

—¡Aurgggg!

Pobrecito mío, pobre, gemía Antonia revoloteando en torno a él maternalmente horrorizada, ¿duele mucho?, desabrochando la camisa gris oscura de Damián, cura sana cura sana, dejando al descubierto un tórax blanco, lampiño, delicado, con la mancha carmesí de la quemadura sobre el esternón. Antonia corrió a coger la aceitera y con generoso entusiasmo distribuyó un cuarto de litro de aceite crudo entre la quemadura, los pantalones del chico y el suelo de la cocina. Frotó con la punta de los dedos la suave piel adolescente, el pecho enrojecido, las costillas, los costados, hasta friccionar las húmedas alturas del sobaco y empapar de aceite los vellos axilares del muchacho, aunque la quemazón no había llegado hasta esa zona. Entonces Damián cerró sus brazos lentamente, atrapándola. La aplastó contra él, la embadurnó de pringue, besó tímidamente sus mejillas; luego una aleta de la nariz; luego su boca. Estuvieron un rato así, apretándose los labios (ya está, se decía Antonia, ya está, me están besando como besan en las películas, me están besando a mí, me están besando) y luego el chico empujó su lengua por entre los dientes de ella y se la dejó ahí dentro, una lengua gorda, fría e inmóvil que asqueó un poco

119

a Antonia, pero que no rechazó, sino al contrario: se mantuvo muy quieta, boquiabierta y sin respirar, como cuando iba al dentista y el doctor le metía los aparatos en la boca. Estaba tan aturdida que, al notar una dura presión entre sus muslos, pensó por un momento, con azorado escándalo, que el muchacho le estaba tocando la entrepierna, y tardó largo rato en percatarse de que las dos manos de Damián estaban posadas en sus hombros. Cuando estaba a punto de asfixiarse Antonia retiró su boca de la lengua inmóvil de él, y se contemplaron cara a cara como si no se hubieran visto antes: al chico le temblaba la barbilla y jadeaba con un desorbite en la bizquera. Se encaminaron sin decirse nada hacia la rosada alcoba en rasos. Antonia volvió hacia la pared las fotos familiares, esta vez incluso la de madre, y arrojó a Lulú bajo la cama. Se desnudaron en silencio, torpemente, el uno de espaldas al otro, sin mirarse. Damián fue más rápido y se metió como una flecha entre las sábanas. Antonia no tuvo presencia de ánimo suficiente como para quedarse sin las bragas y se acostó con ellas.

—Yo... —tartamudeó ella—. Es la primera vez.

Se quedó quieta, esperando a que Damián hiciera lo que se tuviese que hacer: los hombres sabían de esas cosas. Eso sí, tenía miedo al dolor físico. Miedo y la congoja de pecar. A sus pies se extendía una pendiente y ella rodaría y rodaría cuesta abajo, camino de la perdición y el fango. Antonia mantenía los brazos púdicamente cruzados sobre el pecho y bajo su mano derecha palpitaba furiosamente el corazón. Estuvo a punto de gritar cuando Damián arrimó a las suyas una pierna titubeante. La rodilla del chico estaba fría y más abajo, a la altura del pie, había algo áspero y muy rígido. Antonia le miró a hurtadillas, intrigada. Damián estaba boca arriba, contemplando el techo, el ceño fruncido, la expresión ausente, como si no tuviera nada que ver con la pierna juguetona. De pronto ella comprendió el porqué de lo rugoso de ese pie:

—Pero, cómo, ¿te metes a la cama con zapatos? —exclamó, admirada.

Y se arrepintió en seguida de decirlo, porque se le ocurrió que eso podía ser normal, que quizá los hombres hicieran el amor así, calzados. Pero Damián había enrojecido violentamente:

—¿Zapatos? —gimió.

Y sacó la pierna de debajo de la sábana: una pantorrilla peluda rematada en calcetín y playera azul y blanca. El chico se miró el pie con expresión atónita, como quien lo ve por vez primera. Carraspeó y la nuez bailoteó en su garganta.

—Ah... Ya... Es que... No, claro... Que... Que tontontontería, verdad... No duermo con playeras, claclaro, es que... Es que con las prisas se me han ololvidado, fíjate quequeque tontería...

Saltó de la cama y pasó por encima de ella pisándole una mano. Estuvo largo rato intentando descalzarse, enfrascado en una sorda pelea contra los cordones, y Antonia pudo observarle impunemente: las nalgas escurridas, el tronco estrecho, la filosa cordillera de las vértebras. Así, de espaldas, con sus atributos escondidos, Damián ofrecía una desnudez frágil, sin sexo; una epidermis sembrada de granos purulentos; un culito medroso necesitado de talco y mano suave. Los interiores de Antonia se licuaron de ternura; suspiró elevando la mirada al cielo raso, al ocre cremoso de su techo, allí donde anidan las deidades; «esto» lo hacen ahora todas, se dijo: Dios no podía ser tan implacable como para condenar a media humanidad al fuego eterno. Se sintió aliviada, repentinamente fuerte, segura de sí misma. En un arranque de decisión se quitó las bragas, y después se santiguó para conjurar la buena suerte.

Le recibió con un brazo quieto y maternal. Da-

121

mián era un peso leve y huesudo que se afanaba en torpes movimientos espasmódicos. Sudaba encima de ella, y se agitaba, y se refrotaba, y le hacía un daño horrible allá donde Lulú solía mojar su lomo, pero Antonia ya no temía al dolor. Permanecía inmóvil, rodeando con sus brazos las espaldas infantiles, contando con la yema de sus dedos los virulentos conos de los granos, diciéndose a sí misma que luego tendría que pasarle un algodón embebido en alcohol por las espaldas, que el chico necesitaba sus cuidados. Damián empujaba inútilmente entre estertores y al poco se derramó con un quejido fuera de ella. Se quedó quieto y Antonia supuso por ello que todo había acabado; notó algo húmedo y viscoso en la entrepierna, pero era tan grande su amor que ni siquiera eso le dio asco. Entonces Damián se alzó sobre sus codos y la miró, más bizco que nunca.

—Antonia, Antonia... —musitó, y la cara se le contrajo en un puchero.

Ella recogió al muchacho en su regazo, le hundió el lacrimoso rostro entre sus pechos. Allí quedó Damián, hipando, llorando, susurrando su nombre, depositando mocos y pequeños besos sobre sus senos abundantes, mientras ella le acariciaba la cabeza, dueña ahora de la situación, reina del mimo y del consuelo. Al rato la respiración del chico se hizo regular y Antonia le descubrió dormido. Se escurrió de debajo de su cuerpo con cuidado, para no despertarle, y le miró extasiada. Estaba boca abajo, soñando como un bendito; resoplaba tenuemente y junto a la comisura de sus labios la sábana se iba empapando en un pequeño círculo de babas. Eran las cinco y media de la tarde y la habitación era un horno. Con el trajín se habían escurrido las ropas de la cama y Damián estaba destapado, el cuerpo brillante de sudor. Antonia le contempló durante unos minutos y llegó a la conclusión de que el chico podría enfermar de un aire durmiendo tan desnudo. Abrió la cómoda con sigilo, sacó la gruesa manta de lana bicolor y le arropó a conciencia. Después se sentó a su lado dispuesta a vigilar sus sueños, orgullosa de tenerle ahí, embebida en la contemplación de la derretida y congestionada cara del muchacho.

# 14

—Tú no sabes lo que es calor, Bella, calor de verdad, calor... Recuerdo un día en el Sahara... Había 55 grados a la sombra, un infierno, y nos tuvieron a otros dos y a mí haciendo guardia al sol, cinco horas haciendo guardia al sol. El fusil quemaba como la cabeza de una cerilla, se te quedaban los dedos pegados al cañón. Uno de los tipos se desmayó y a mí no me dejaron recogerle. Tirado estaba en el suelo, como un perro, y yo insulté al sargento, y el sargento me dio una paliza que me puso morado, ¿qué te parece? Era un alfeñique el sargento, y me pegaba y yo no podía defenderme porque él era mi superior. Luego aquel animal murió. Le debía haber matado yo, me lo había jurado a mí mismo mientras me pegaba: un día te cortaré el cuello como a un cerdo. Le debía haber matado yo, pero le mataron los moros. Estábamos tomando una posición, era una vaguada. Nosotros avanzábamos por el desierto arrastrándonos, los moros tiraban fuego raso y nosotros caíamos como moscas. Yo cavé un hoyo en la arena con el machete y me acurruqué ahí, y el sargento me dijo, avanza, y yo le dije, avance usted, que es su obligación. Yo sabía que le iban a matar porque llevaba una metralleta con trípode y para levantarse se tenía que apoyar en ella. Y se levantó y le frieron, por hijoputa, le dejaron como un colador, los moros me ahorraron el trabajo...

La voz del Poco sonaba perezosa en el bochorno. Estaba liándose un cigarrillo y ahora ya no se ocultaba de Bella para hacerlo, no parecía importarle que ella viera cómo le trepidaban las manos, cómo sembraba el entorno de retorcidas hebras de tabaco. El tatuaje de «Poco ruido y muchas nueces» se estremecía en su antebrazo. Menéndez solía insinuar que el Poco debía su sobrenombre a su poca hombría y no al tatuaje. Pero esto sólo lo decía cuando el Poco no podía oírle.

—Pues esto no será el Sahara, pero casi... —resopló Bella.

Sacó uno de los cubitos de hielo de su vaso de whisky y se lo pasó por el cuello y por la nuca. Todas las ventanas del club estaban abiertas, pero no circulaba ni una brizna de aire. Era una noche espesa y asfixiante.

—Cuanto te debo, por ese amor de aventurero que me has dado, por tu comedia de cariño calculado, amor amargo disfrasado de pasión... —canturreó Bella desganadamente: le sudaban las manos y se le escurrían las teclas del órgano.

Menéndez estaba tras la barra, engolfado en sus Tres Mosqueteros, y el Desiré se encontraba casi vacío. El Poco había encendido el cigarrillo y se había retirado al guardarropa, de repente, sin mediar palabra, como siempre. Un instante antes se mostraba íntimo y locuaz. Un instante después se transformaba en un extraño, como si fuera poseído por el recuerdo de un secreto horrible. En esos momentos ella dejaba de existir para él, en esos momentos le perdía. Ahora mismo estaba allí, al fondo, hundido en el chiscón, ausente: ni siquiera la miraba, ni siquiera escuchaba su actuación. Qué asqueroso aburrimiento. Bella cortó el bolero a la mitad y apagó el melotrón. Tenía una aguja de flato clavada en las costillas.

—Oh, no se pare, siga usted, señorita animadora, por favor, era una canción muy bonita —exclamó desde un rincón la vieja de la bolsa de acelgas, la que venía todas las noches sola a beberse un moscatel.

—Se me ha roto el aparato, señora, lo siento. Es una cosa del fluido eléctrico. Dentro de un rato tocaré más.

Desde el fondo de la barra, Menéndez le lanzó una ojeada furibunda. Bella le sostuvo la mirada y encendió un cigarrillo con deliberada parsimonia, sin moverse del sillín del órgano, retadora. Así le diera un ataque de hígado a Menéndez. Apenas había clientes, no la necesitaba para atender el mostrador. Y además, también ella tenía derecho a descansar un poco.

—Qué pena, válgame Dios —murmuraba la vieja, cabeceando.

Últimamente estaba muy desmejorada, la vieja de las acelgas. Más delgada y apergaminada, y se le movía sola la cabeza, y tenía un color de cara pizarroso. Color de casi muerta, pensó Bella. Cualquier día desaparecerá y ya no vendrá más. O peor, cualquier día se nos quedará frita en el asiento. No sería la primera vez. Un par de años atrás se les había muerto un tipo en el local. Era un viejo, no era cliente, un desconocido. Llegó a primera hora de la tarde, muy mal vestido, y se bebió tres copas de coñac. Con la tercera se durmió, allí, en el sofá corrido del fondo, en el rincón. Cuando fueron a cerrar el Desiré y se acercaron a despertarle estaba tieso. Sacarle la copa entre los dedos fue un triunfo, porque ya se estaba agarrotando.

—Bella...

Era el Poco. Había regresado abruptamente junto a ella, una mueca de oro por sonrisa.

—Escucha, Bella, tengo una sorpresa para ti.

—¿Una sorpresa?

—Me ha escrito mi compadre del Tropicana. Dice que está todo arreglado, ¿qué te parece?

A Bella se le subió el flato al pecho de repente.

—¿De verdad?

El Poco extrajo algo del bolsillo trasero de su pantalón. Era un sobre de color café con leche, con muchos sellos exóticos profusamente estampillados. Sacó la carta y se la tendió a Bella. El papel hacía juego con el sobre y estaba muy arrugado, como si el Poco se hubiera sentado repetidas veces sobre él. En la parte superior tenía el membrete del Tropicana impreso en señoriales letras chocolate:

«Qué gusto saber de ti, cabrón, ni que te hubiera tragado la tierra. Lo vuestro lo arreglo en seguida y Padilla me ha dicho que os hará los contratos. Padilla es el jefazo, no sé si te acuerdas que te dije. Yo vivo como un príncipe y a la Canelita le están creciendo las tetas con esto del Caribe y cada día está más guapa, está tan guapa que me da miedo. A ti esto te puede volver loco de gusto. Nos vamos a hacer los amos del Tropicana, y verás. Antes de un mes te mando los papeles, pero el barco lo tenéis que pagar vosotros. Saluda a Luciano de mi parte y dile que tengo también muchas ganas de verle. Os espero con una botella de ron. Hasta pronto.

Trompeta.

P.D.: La Canelita te manda recuerdos.»

Estaba escrito con letra grande y fácil, en una tinta azul muy clara. En su conjunto la carta le pareció a Bella de lo más fina y elegante, con su papel tostado, su pálida tinta y su membrete. Se la devolvió al Poco.

—Oye, ¿cuánto puede costar el barco hasta allí? —preguntó.

—No sé. Unas 40.000 o 50.000 pesetas.

—¿Tanto?

—Quizá sea menos.

—Habrá que ahorrar —dijo Bella.

Y luego pensó que no, que tardaría meses en

sacar ese dinero. Era preferible vender el órgano; en Cuba podría comprarse uno mejor y total el suyo estaba ya muy viejo. Con lo que sobrara de la venta, después de pagar el pasaje, se iba a hacer un par de modelos despampanantes, porque no era cosa de llegar como una pobre. Uno, el de azabache y marabú. Bueno, los azabaches podían ser sintéticos, porque los de verdad costaban un riñón. Pero el marabú tenía que ser auténtico, eso desde luego; total sólo necesitaba un poco, justo para alrededor de las muñecas. El otro traje podía ser de seda, de seda verde brillante. Con un escote profundo en la espalda y una capellina de gasa haciendo juego. Y un broche de esmeraldas, o sea, de bisutería fina, cerrando la capa sobre el pecho. Tendría que comprarse también unos zapatos, zapatos de tafilete color mar. Para el traje de azabache podrían valerle los de charol del año pasado. Bella sintió como si el flato le reventara entre las costillas y los ojos se le llenaron de lágrimas.

—Ay, Poco... —balbució.

Qué tonta. Tan nerviosa y tan emocionada estaba que no hacía más que pensar en los trajes y en los zapatos y en esas bobadas, sin darse cabal cuenta de que se iba. Cuba, Cuba de verdad. Qué ganas de llorar, qué absurdo, y no podía aguantarse, y las lágrimas empezaban a rodar por sus mejillas.

—Ay, Poco, soy tonta...

Cuba, Cuba de verdad, Cuba y el Poco, los dos solos. A lo mejor también venía Vanessa, pero ésa no contaba, era otra cosa. Bella dio un sorbetón. El Poco la miraba, y se le veía contento, y sonreía, con el diente de oro todo al aire. Tenía el Poco ahora esa lumbre en los ojos de cuando le sentía cercano a ella, de cuando era persona conocida y no un extraño.

—Pero no me llores así, mujer...

El Poco extendió la mano y espachurró una de las lágrimas con su pulgar calloso, y Bella se rompió toda por dentro y supo que sí, que estaba enamorada de él, a su edad, a estas alturas de la vida y otra vez así de tonta y entregada. Le empezó a doler la proximidad física del Poco, le dolían sus hombros, su pecho para cobijarse, su cuello, sobre todo su cuello, tibio y fuerte y rincón donde ocultar la cara. Y esa boca reidora de labios finos, labios resecos cubiertos de pequeños pellejos que ella humedecería con su lengua, que me toque, que me abrace, que me deje entrar en él a través de su boca y lamer la cascarilla de sus labios.

Entonces el Poco se apagó todo, y dejó de sonreír, y se replegó sobre sí mismo. Y dio media vuelta y se alejó.

—Hola, Bella.

—Ah. Hola.

Era Antonio. A Antonio le había querido así, con ese hambre. Pero de eso hacía ya treinta años y Bella ni siquiera se acordaba.

—Hoy has venido más pronto que de costumbre —dijo Bella levantándose cansinamente del órgano y dirigiéndose hacia la barra—. ¿Una limonada, como siempre?

(Y el Poco allá al fondo, hundido en sí mismo, inalcanzable.)

—Sí, Bella, gracias. Con mucho hielo, por favor.

Antonio no bebía porque el alcohol dañaba su pituitaria. Además tomaba cortisona todas las primaveras, por si la alergia, y se vacunaba contra los resfriados todos los septiembres: ser hombre nariz era un deber esclavo. Siguió a Bella hasta el mostrador y se sentó en una banqueta, junto a los ramajes de cartón pintado. Olisqueó el ambiente, reconociendo el típico tufillo agrio del Desiré, como a cáscara de naranja descompuesta. Afortunadamente no era una peste lo suficientemente fuerte como para serle insoportable; a decir verdad se había acostumbrado ya a ella, e incluso había desarrollado cierto placer coprófilo por ese aroma putrefacto. El leve hedor del Desiré le sabía vagamente a sexo y a controlado desenfreno. A veces, cuando llegaba al club y se sentaba allí en medio del calor, la noche y la penumbra; a veces, cuando hundía su exquisita nariz en el olor a vicio marchito del local, a Antonio se le excitaban los bajos y gozaba de unas semi-erecciones muy agradables. Se arrellanó en la incómoda banqueta a la espera de su zumo; estaba de buen humor, era uno de esos días en los que se encontraba satisfecho de sí mismo. Empezó a ordenar de modo mecánico el trozo de mostrador que le correspondía. Recogió meticulosamente un fragmento de celofán, una cerilla usada, unos rizos de ceniza, y depositó todo sobre un platillo sucio, que apartó; después colocó el cenicero y el servilletero en perfecta equidistancia de sus codos. Así estaba mejor. Los objetos, solía decir Antonio, poseen su propio lugar en el mundo, y la exactitud engendra calma.

Bella le observaba maniobrar desde el otro lado de la barra. Pero mira que es chinche y maniático, se dijo la mujer una vez más. Y luego pensó que le echaría de menos. No se le había ocurrido antes, pero en Cuba echaría de menos a Antonio. También un poco a Antonia. Y a nadie más. Contempló atentamente el rostro del hombre, como en un intento de almacenar sus rasgos para futuro uso de la nostalgia: sus ojos ojazos verdes, su nariz fina, su boca de besar suave. Y besaba bien, besaba bien incluso cuando era un crío. O a lo mejor es que entonces ella era también tan inexperta que cualquier cosa le parecía un frenesí. Está muy guapo, se dijo. Siempre había sido muy guapo. Lástima que se quedara tan chiquito. Cuando ella tenía trece años y él dieciséis, ella ya le sacaba varios centímetros de envergadura. Ahora que rondaban los dos la cincuentena, Antonio apenas alcanzaba su barbilla. Era bajo, bajo y un poco esmirriado. Pero tan guapo.

—Estás muy guapo, Antonio.

—Vaya, muchas gracias.

Bella se secó el sudor de las sienes con una servilleta de papel. Y el Poco allá al fondo, sin mirarla. Qué guardaría ese hombre dentro que le amargaba de ese modo; qué bicha se le enroscaría en la memoria, haciéndole ser tan desgraciado. Bella había visto otros hombres así, con el mismo peso en la conciencia, y sabía que eso era cosa de un pasado inconfesable, de un dolor muy grande o de una culpa horrenda. Pero el Poco no, el Poco no podía haber hecho nada malo. Ella le ayudaría, ella le sacaría los malos recuerdos como se saca una espina que se ha enterrado en la carne. Ella haría de él otro hombre, o siempre el mismo, y acabaría de una vez con el otro Poco, mataría al Poco muerto y apagado. Ella y él, los dos en Cuba, todo sería distinto. Un mes, un mes tan solo. Dentro de un mes habría dicho adiós al Desiré, en septiembre estaría ya en La Habana, y la vida empezaría de nuevo. Contempló el rostro amigo de Antonio y volvió a sentir ganas de llorar. Soy lo que se dice muy feliz, pensó Bella. Y se aguantó las lágrimas.

—Ho-la, chi-cos...

Vanessa entró en el Desiré con contoneo de matrona. Desde que el Poco la había tomado bajo su tutela, Menéndez no se había atrevido a meterse con ella. Vanessa lo sabía y se movía por el local como un general en territorio conquistado. Estaba resplandeciente, morena de piscinas, con un traje amarillo de punto que marcaba bien la contundencia de sus caderas, la espalda al aire, sandalias doradas a la moda y una tostada cara de niña que los afeites sólo estropeaban en parte.

—Anda, Bella, muñeca, ponme un güisquito...

Trepó a una de las banquetas y cruzó las piernas, luciendo muslo. Lanzó una velada mirada circular sobre el local y se hizo una rápida composición de lugar con eficiencia casi profesional. Antonio debió gustarle, porque se puso en guardia y desplegó todas las baterías seductoras.

—Uf, qué calor —dijo, alzándose el pelo con gesto lánguido, como si el cabello le pesara siete kilos, y mostrando su nuca apelusada color cobre—. Hace una noche pesadíiiiiiisima...

El Poco se despegó de las sombras y se acercó a ellos.

—Hola, niña —saludó, calmoso.

A Bella se le cayó el vaso de whisky de las manos y regó el fregadero de esquirlas de cristal. Vanessa miró al Poco por encima del hombro y arrugó la boca en un mohín despectivo.

—Hola —contestó fríamente.

Se volvió ostentosamente hacia Bella y comenzó a hablar en un tono de voz lo suficientemente alto como para ser oída desde la calle.

—Fíjate, Bella, pues venía andando yo ahora hacia aquí, hacia el Desiré, y entonces unos chicos jóvenes han empezado a ponerse pesadísimos conmigo, que si te vienes a una fiesta, que si patatín, todo eso. Y a mí es que no me gustan nada los chicos jóvenes, pero lo que se dice nada. Ay, son tan aburrrrrrrrridos, tan tontos, no saben cómo tratar a una mujer verdaderamente mujer, tú ya me entiendes. A mí los que me gustan son los caballeros ya maduros, esos sí que saben de la vi-da...

Dejó el «da» colgando en el aire y pestañeó alentadoramente hacia Antonio.

—Te estaba esperando, niña —dijo el Poco—. Tengo noticias para ti.

—A mí los que me gustan son los hombres como Félix. ¿Conoces a Félix, Bella?

Bella no contestó. Esta niña tonta de trucos antiguos, esta niña gata fingiéndose amiga suya para conquistar, esta niña rata, culigorda, seso frito. Esta niña puta que ni siquiera sabía que lo era. Bella odiaba a las putas que no cobraban. Las otras, las profesionales, le parecían muy decentes.

—Pues Félix es un amigo mío muy buen amigo —prosiguió Vanessa impertérrita—. Todo un señor, un abogado, trabaja arreglando casos de contratos de artistas y todo eso, bueno, un nombre muy interesante, y además un caballero, ¿eh?, que no ha habido nada nunca entre nosotros ni lo habrá... Pero como está metido en el mundo del espectáculo, pues me comprende, porque la gente no nos entiende a los artistas, ¿sabes?...

Dio un chupito al vaso, se lamió los labios y volvió a recogerse los cabellos. Antonio carraspeó, herido por los destellos de esa nuca de oro, por la suave desnudez de esas axilas depiladas. Aspiró un trago de aire fermentado y sintió cómo se le desperezaba y desenroscaba la entrepierna, como iba creciendo en una lenta hinchazón, tan grata y perezosa como esas erecciones casuales que a veces brotan bajo el sol y la indolencia. Sonrió a Vanessa y luego tuvo un momento de duda: las sonrisas de ligue las cargaba el diablo, salían siempre cuajadas de promesas que después uno, a veces, no podía o no quería cumplir. Pero en esta ocasión a Antonio le halagaba el ser el elegido de la muchacha, y sintió la tentación irrefrenable de humillar al oponente masculino de la caza, a ese viejo tatuado impertinente. De modo que sonrió de nuevo.

—Escucha, niña... —insistía el Poco suavemente—. Tengo que hablar contigo. Tengo una sorpresa para ti.

—Ay, Poco, déjame en paz, ¿no ves que estoy hablando?

Desde que Vanessa había llegado al convencimiento de que gustaba al Poco, había dejado de tenerle miedo. En realidad el pobre viejo era un don nadie, un pelanas verdadero. El desconocido del taburete vecino era otra cosa: tan elegante con su traje crema y su corbata, tan señor. Contestó a la sonrisa de Antonio mordiéndose los labios, en un mohín que consideraba infalible.

—¿De modo que eres artista? —picó el hombre.

—¿Quién, yo? Ah, sí. Canto y bailo. Gané un concurso en la radio hace dos años. Pero a mí lo que de verdad me gusta es el cine, ¿sabes?

Bella les contemplaba desde la atalaya del mostrador. Tras una barra se aprende mucho, se ven las cosas muy distintas, se ven como por dentro, como si se tuviera rayos X. Y estaban tan ridículos, tan tontos y ridículos. Oh, sí, tengo sólo dieciocho años, pero ya he vivido mucho, sabes, y te puedo asegurar que es muy difícil para una chica como yo, que, o sea, bueno, que no está físicamente mal (mohín), tú no sólo no estás mal sino que además eres muy guapa tú lo sabes, ay, qué cosas dices, hombre, gracias, pues eso, que es muy difícil para una chica como yo, que quiere ser artista, defenderse en este mundo, tú ya sabes a lo que me refiero, a veces me siento muy muy sola (parpadeo), pero tú estás sola porque quieres, ay, chico, qué galante...

Bella miró al Poco: permanecía acodado en el mostrador y mordisqueaba en silencio su colilla, imperturbable. No, imperturbable no: tenía un gesto raro, de burla, de risa, de ironía. Una expresión de saber mucho. No le importa. No le importa nada, se dijo Bella. No le importaba ni Vanessa como mujer ni nada de esto. Él conoce mucho más mundo, es más sabio que todos nosotros, es otra cosa.

Estaba Vanessa preguntándole a Antonio sobre su profesión y su persona cuando éste se puso en pie inopinadamente, sin contestar, cortando en seco el entusiasmo de la chica.

—Me tengo que ir, Vanessa —dijo—. Ya nos veremos por aquí otra noche. Cóbrame la consumición de la chica, Bella. Adiós a todos.

Y desapareció rápidamente, como huyendo. Vanessa tardó en cerrar la boca, abierta de par en par del estupor, de la vergüenza ante el desaire. Masticó un hielo de su vaso con indignada concentración y luego se levantó a su vez.

—Me voy.

—Espera, niña —dijo el Poco—. Ha escrito mi amigo del Tropicana, la cosa va bien, nos mandará los contratos, mira... —y sacó de nuevo la carta color caramelo.

—¿Ah, sí? —exclamó la chica, y toda la cara se le arrugó de ira—. ¿Pues sabes lo que te digo? Que me da igual. Me da igual que hayan escrito de la Tropical esa. Yo no quiero ser cantante de boleros ni quiero ir a pudrirme a un cabaret de mala muerte. Yo quiero ser estrella y de irme a algún lado me iré a Jolibud. Vosotros estáis acabados y la Tropical puede ser buena para vosotros, pero yo estoy empezando y quiero más, ¿entiendes? ¡Quiero mucho más! Y además no te soporto, no te aguanto, no quiero ir contigo a ningún sitio.

Se fue sin esperar contestación, ciega de furia, tropezando con los escalones de la entrada. Menéndez les miró con maligna complacencia:

—Ya os advertí que esa chica era una furcia.

Bella se mordió los labios: odiaba a Menéndez más que nunca.

—Pero qué se habrá creído esa imbécil... —barbotó, indignada.

El Poco sonrió calmosamente:

—Lo que pasa es que es muy niña —dijo en voz baja, casi con dulzura—. Es muy niña. Yo la entiendo.

Retumbó un trueno sobre sus cabezas y el bochorno reventó en lluvias.

—Al fin —exclamó Menéndez con alivio.

—Un cabaret de mala muerte... —murmuraba el Poco, sonriendo.

Por las ventanas abiertas se oía el apretado repi-

queteo de las gotas y entró una vaharada a basura
húmeda. Una cucaracha rubia y gruesa atravesó el
mostrador pataleando torpemente, atontada quizá
por la tormenta. Iba ya a desaparecer por una esquina cuando el Poco la apresó con delicadeza entre el
pulgar y el índice. La contempló durante un rato,
mientras el insecto agitaba frenéticamente su lus-
troso cuerpo. Después, sin hacer un solo gesto, el
Poco espachurró la cucaracha entre sus dedos.

# 15

Cuando Antonio llegó aquella mañana de lunes a la Delegación Nacional de Reconversión de Proyectos se encontró con que el pasillo del tercer piso, aquel que conducía a su despacho, estaba particularmente atiborrado de papelajos y en un estado de desorden poco usual. Tal era el caos que, en ciertos tramos del corredor, el viandante se veía obligado a pasar por encima de pequeñas colinas de informes grapados y carpetas roñosas, que llegaban a cubrir la totalidad del suelo disponible. Antonio vadeó el mar de legajos, asqueado, procurando poner los pies allí donde las huellas de unas suelas de goma le marcaban el camino de sus antecesores en el tránsito, y cuando alcanzó su puerta se sentía medio enfermo. Le solía suceder, con el desorden. Le entraban náuseas y mareos. Era su fobia, lo había leído en un libro de psiquiatría. Hubo una época en la que Antonio leyó muchos libros de psiquiatría. Eso fue hace muchos años, cuando Antonio era muy joven y todavía se asustaba al saberse tan distinto a los demás. Pero después aprendió a no tener miedo y a enorgullecerse de su diferencia.

Para colmo de males, cuando entró en el despacho encontró a Benigno agitadísimo. Desde luego era lunes, y los lunes parecían afectar al secretario de un modo curiosísimo, le ponían verborreico, exultante y saltarín. Insoportable. En una ocasión Antonio le preguntó el por qué de tanto entusiasmo, y el viejo contestó que era la alegría de la vuelta al trabajo.

—Es que figúrese usted, don Antonio —le explicaba—. Los fines de semana, en casa, no tengo nada que hacer. No veo a nadie, no hablo con nadie... No es que me queje, válgame Dios, no me puedo quejar, pero... A veces, por la noche, cuando me acuesto, no encuentro nada en qué pensar antes de dormirme. Porque durante el día no ha pasado nada, ¿sabe?, es una cosa así como un vacío... Y en la oficina, en cambio, es otra cosa.

Pero, aún contando con la habitual algarabía de los lunes, el estado de nervios de Benigno en esta ocasión era excesivo.

—Buenos días, don Antonio —dijo el anciano brincando solícitamente a su alrededor—. ¿Se encuentra usted bien? ¿Ha tenido un fin de semana satisfactorio? Y su encantadora hermana, ¿se encuentra bien también, como espero y anhelo? Alguna vez, si usted me lo permite, claro está, quisiera ir a visitar a su adorable hermana para presentarle mis respetos. Desde aquel día en que usted tuvo a bien el presentármela cuando nos encontramos casualmente, yo...

—Dígame, Benigno —cortó Antonio, desabrido y aún mareado—. Dígame, ¿sabe usted por qué está el pasillo así de sucio?

—Oh, sí, don Antonio. Yo, al llegar, porque ya sabe usted que suelo llegar pronto, a mi edad ya no se duerme bien; bueno, pues al llegar me hice, con perdón, la misma pregunta que usted, y estaba en esas dubitaciones, aquí solo, eran como las nueve menos cuarto, no, miento, las nueve menos veinte, exactamente las nueve menos veinte, porque en ese instante llegó el conserje y me preguntó la hora, al parecer el pobre hombre padece una enfermedad de estómago y ha de tomarse unas píldoras que...

—Hágame el favor de ir al grano, ¿quiere?

—Sí, don Antonio. Pues estaba servidor aquí a las nueve menos veinte y el conserje, después de contarme lo de su enfermedad, me dijo: oiga, ¿sabe usted...? Porque el conserje es un hombre muy enterado de todo lo que pasa en la casa, lleva aquí desde...

—Benigno, por favor, abrevie.

—Sí, don Antonio, disculpe, ya voy. Pues me dijo: oiga, ¿sabe usted lo del señor Ortiz? Y yo le dije: pues no. Y él me dijo: pues fíjese, que han elevado su negociado a la categoría de departamento y a él le han nombrado director, ahora es el Director del Departamento de Estudios Financieros. Y han trasladado el negociado, es decir, el departamento, al edificio nuevo, y por lo visto le han puesto en un despacho estupendo, con moqueta aire acondicionado dos ventanas a la calle, fíjese usted, don Antonio, dos ventanas a la calle, y le han asignado una secretaria además de los tres subordinados que tenía, ocupan tres habitaciones, no le digo más. Y el sábado hicieron la mudanza y dejaron todos los papeles viejos que no necesitaban, usted ya sabe que el señor Ortiz heredó ese negociado del señor Fernández, y el señor Fernández tenía al parecer un desorden tremendo, no es por hablar mal del señor Fernández, que en paz descanse el pobre hombre, pero eso es lo que dicen. De modo que dejaron todos los papeles que no necesitaban y los ordenanzas los han sacado al pasillo porque por lo visto van a meter parte de los archivos centrales en el viejo despacho del señor Ortiz y necesitaban espacio. Fíjese usted, con lo joven que es el señor Ortiz, no lleva ni tres años en la casa...

Ortiz, un universitario analfabeto, un zafio ejecutivo, un arribista. Antonio se pasó la lengua por los labios: tenía la boca seca y un sabor terroso entre los dientes. Mostrenco Ortiz, pomposo economista. De estos que lo único que saben hacer es colgar el título de la pared. Departamento, ventana, dos moquetas. O al revés. Y a él, mientras tanto, le condenaban al destierro burocrático, el ostracismo de Antonio, Antonio el ostracista. Una marea de papeles, y el abismo. Qué despropósito de vida. Esa larga lucha en solitario contra el mundo. Contra la mala suerte y la desgracia. Qué maldición le hizo nacer de un padre manirroto, y heredar las deudas y las ruinas, y verse obligado a depender de este trabajo administrativo que él odiaba, chinche de archivo, chupatintas miserable, en una delegación ministerial tan inútil que hasta su propio nombre era un absurdo, Reconversión de Proyectos, Proyección de Reconversiones, Versión de Reproyectos. Y vegetar aquí, postergado, olvidado, muerto en vida, condenado a un negociado sin despacho que compartía ignominiosamente con Benigno. Los otros, esta nueva leva de ambiciosos, jóvenes agresivos sin sustancia, huían como ratas del viejo caserón, se promocionaban con sucias martingalas y conseguían ser trasladados al edificio nuevo, mármoles y hormigón, fachada en calle principal y maceteros. Y a él le arrinconaban en el viejo edificio, que se hundía pesadamente como un ballenato arponeado y que le arrastraría en su decadencia estrafalaria y fantasmal. Una marea de papeles y las tinieblas avanzando.

—No me siento nada bien —dijo Antonio, desplomándose en su silla y aflojándose el nudo de la corbata—. Benigno, váyame a buscar una manzanilla al bar, por favor.

—Sí, don Antonio, ahora mismo. Pero tendré que ir a la cafetería del nuevo edificio, se me olvidó decirle que ya han desmontado el bar de aquí. El conserje me dijo que...

—Vaya a donde quiera, pero vaya pronto. Tengo el estómago revuelto.

—Sí, don Antonio.

Ortiz reproyectado, reconvertido, remoqueteado, con su título exhibido entre cristales y su reluciente necedad. Antonio cerró los ojos para detener el movimiento de la habitación, que había empezado a girar sobre sí misma. El mundo estaba en contra suya, ese mundo crítico y en caos, carente de la necesaria geometría, tan distinto al que conoció siendo pequeño. Entonces él era el hijo del cacique y todas las cosas parecían tener su razón de ser. Pero ahora la sociedad se deshacía en un hervor de apocalipsis y la humanidad había agotado su futuro. Una marea creciente de papeles y el desorden a punto de atraparle. Sintió una punzada de terror. Toda su vida. Toda su vida luchando porque la realidad no se rompiera, porque no se fragmentara en mil pedazos. La realidad era una cosa tan frágil. Antonio aprendió esto siendo niño, cuando tuvo aquella enfermedad tan grave a los doce años. Entonces, en medio de las fiebres, el mundo se le rompió a cachitos, y cada pedazo navegaba a su aire, por su lado, en el magma de la nada. Entonces Antonio creyó que nunca podría volver a reunir la realidad en un todo, y se asustó muchísimo. Luego, cuando las fiebres bajaron, Antonio logró recoser los trozos sueltos. Pero todo fue distinto desde entonces, porque Antonio sabía ya que la realidad estaba rota y que vivir era zurcir interminablemente esos fragmentos. Fue a raíz de aquella enfermedad cuando Antonio recibió el don. Siempre había gozado de un olfato fino, pero fue en la convalecencia cuando descubrió que poseía un sexto sentido. Estaba ungido o maldito, pero en cualquier caso atrapado por su don. Y así había transcurrido su existencia desde entonces, oliendo y cazando los trozos de realidad que se escapaban.

—Su manzanilla, don Antonio.

—Ah. Gracias.

Sorbió la infusión. Estaba fría. El trayecto desde la nueva cafetería era bastante largo. De todas formas se sentía un poco mejor. Dejó la taza en su platillo y descubrió un sobre grueso y arrugado.

—¿Qué es esto?

—Ah, sí, don Antonio, se me olvidó decirle, es el encargo de todos los meses, lo de la compañía aérea... —trinó Benigno entre dos saltos.

La compañía aérea. Antonio rasgó el papel y sacó las fotocopias. Las hojas de vuelo de Aerolux estaban completas y ofrecían toda la planificación de viajes para el mes entrante. Junto al nombre de los pilotos en servicio, la horrible letra del ordenanza sobornado había añadido el de sus mujeres, el teléfono y el domicilio, con una caligrafía llena de tropezones ortográficos. Antonio apretó los párpados: la habitación empezaba a girar de nuevo y el mundo retemblaba. Ni siquiera esta nueva lista de pasiones podía rescatarle: no había lugar para el amor en su destierro.

—...Y me encontré con el ordenanza en el sitio convenido, donde siempre —estaba diciendo Benigno, borracho de lunes—. Y yo, claro, le di las 5.000 pesetas que usted me dio, y él dijo que si la vida era muy cara y que si costaba mucho sacar la información, como diciendo, usted ya me comprende. Y yo le dije, porque a mí con ésas no, yo le dije: ni sé lo que contiene este sobre ni falta que me hace ni quiero saberlo, pero usted ha acordado este precio, y éste es el precio que le pago, así le dije, y entonces el hombre se calló, faltaría más, y me entregó el encargo...

Benigno estaba de pie, frotándose las manos y bailando el peso del cuerpo de una a otra pierna. Cara ceniza, ropas pingantes color pardo, viejo asqueroso y consumido. Reía imbécilmente, enseñando sus dientes amarillos y esparcidos, disparando perdigones de saliva por las mellas. El pisapapeles. Coger el pesado pisapapeles de vidrio y golpearle en la boca, jugar a los bolos con sus dientes, saltarle los incisivos uno a uno. Cómo le odiaba Antonio, cómo le temía. Benigno era la representación de este inframundo burocrático, era un espectro de la miseria, un mensajero del fracaso. Benigno le hablaba y le miraba con una complicidad repugnante, haciéndole partícipe de su mezquindad, intentando apresarle en su derrota. Pero él no, él se escaparía, él era distinto.

—Benigno... —estalló Antonio; el viejo estaba cerca, muy cerca. Contagioso, contaminante. Una marea de papeles y el abismo.

—Benigno, aléjese de mí. Por favor. No se acerque tanto. No lo puedo soportar. Le... Le huele a usted el aliento.

Benigno se detuvo en seco en mitad de una frase, la boca abierta, el gesto desolado.

—¿A mí?

—Es un olor a alcantarilla. A muerto —Antonio no se podía detener: golpear su boca con el pisapapeles, defenderse—. Está usted podrido. Es verdaderamente inaguantable.

—Don Antonio, yo...

—No soporto la falta de higiene. Esto es inadmisible. Me siento enfermo.

—Oh, don Antonio.

Benigno había retrocedido un par de pasos, las mejillas arrebatadas, los ojos inundados tras las gafas. Temblaba todo él como una hoja y al hablar se tapaba la boca con la mano, como intentando encarcelar las pestilencias.

—Don Antonio, yo le aseguro que... Oh, don Antonio, me lavo los dientes, se lo juro, esta misma mañana me los he lavado bien con bicarbonato, como siempre... Si me... Si me huele el aliento debe ser cosa del estómago, cuestión de enfermedad, la mala digestión, la edad...

Se le quebró la voz.

—Puede ser. Pero es una halitosis repugnante. Váyase a los servicios y lávese la boca, por lo menos.

—Pero don Antonio, no tengo cepillo, no tengo...

—Pues lávese la boca con jabón. Ya sabe usted que mi olfato es muy fino. Haga algo. No puedo soportarlo.

—Sí... Sí, don Antonio, como usted diga...

Salió del despacho renqueante. Antonio se pasó la mano por la cara, aturdido aún por su presencia, y, sin embargo, aliviado, como si hubiera ganado una batalla. Sobre la mesa estaban aún las fotocopias de Aerolux, desparramadas en desorden. Echó una ojeada a los nombres femeninos. Algunas eran viejas conocidas, y, por lo tanto, desechables. Otras eran perfectamente anónimas y encerraban una emocionante promesa en su secreto. Sí, quizá sí. Quizá, después de todo, mereciera la pena esta interminable lucha del vivir. Los aromas en primer lugar, pero también estaban los amores. Y sus amores eran nobles, efímeros. Carecían de un fin práctico, empezaban y acababan en sí mismos, eran la apoteosis de lo inútil y por lo tanto perfectos. O todo lo perfectos que uno podía inventarse en este mundo. Cualquier otro tipo de relación era un peligro, era jugar con fuego, con los pliegues de la realidad y sus roturas. Como la muchacha que coqueteó con él en el club de Bella. No estaba mal, la niña. Era mona y tenía un cuerpo delicioso. Pero Antonio desconfiaba de las chicas solteras, demasiado libres, demasiado ambiciosas, que podían aspirar a una relación estable y duradera. Además la muchacha le había conocido por su verdadero nombre y en uno de los lugares que él frecuentaba, y eso aumentaba el riesgo. Antonio sabía que para domesticar la vida había que mantener el control, la disciplina; se defendía del mundo exterior compartimentando el cotidiano: no mezclaba ambientes, no dejaba resquicios por donde pudiese entrar el azar a destruirle. La familia era la familia, el trabajo era el trabajo. Para llenar su ocio tenía el Desiré y al inspector García; la necesidad sentimental la cubría con sus pasiones de tres días. Y más allá, en el corazón de este laberinto exacto, estaba él, y su intimidad, y sus olores, cobijados en el refugio inexpugnable de su casa, que jamás había sido pisada por nadie al margen de él.

Un arrastrar de pasos cortó sus pensamientos. Era Benigno. Pálido, medroso, con un encaje de jabón reseco en la barbilla.

—Ah, Benigno, pase, pase... Póngase usted a trabajar... Eh... Gracias —tartamudeó Antonio.

Era imposible. Aquí estaba Benigno de nuevo, con toda su humillación, con toda su mansedumbre y su desdicha. Ahora Antonio se sentía culpable, y sucio de compasión, y embadurnado de miseria. Era imposible. Era como estar metido en una caja, como correr por un pasillo sin salida. Un pasillo cada vez más lleno de papeles, asfixiante. Cuando Antonio era chico, antes de que se le rompiera la realidad, antes de recibir el don, antes de todo, el mundo era distinto. Entonces vivir era fácil, la casa estaba llena de sirvientes, no había huecos. Todos eran felices y padre era todopoderoso y madre era bellísima. Su madre cantaba y sonreía y por las noches salía con su padre, y venía a darle un beso de despedida antes de irse. Aparecía en el cuarto, arreglada, espigada, entaconada, oliendo a perfumes, crujiendo a sedas nocturnas, a traje caro. Y le rozaba la frente con los labios y en la penumbra rutilaba como una actriz de cine o como una reina. Pero después todo cambió, y los sirvientes fueron desapareciendo, y los muebles criaron un polvo que nadie quitaba, y los establos se vaciaron, y las ventanas se rajaron, y las puertas no encajaban, y las sillas se quedaron cojas, y la cocina permanecía apagada todo el día, y a los cazos se les saltó el esmalte y apenas quedaban platos sin romper, y los grifos goteaban, y padre no aparecía por casa, y madre vistió de luto y se hizo vieja, y ya nunca más entró a besarle por las noches, ya nunca más oyó el frufrú de los tafetanes y el damasco. Y ahora, tantos años después de aquel desastre inexplicable, Antonio seguía temiendo que en la batalla final ganara el caos, seguía esperando aún la culminación de la catástrofe.

# 16

Querida madre:

No soy buena, madre, pero tampoco soy muy mala. No soy buena pero dentro muy dentro sé que no soy mala. No sé qué pensar y rezo mucho, estoy haciendo una novena a la Virgen pero eso tampoco me consuela, será que no tengo propósito de enmienda ni dolor de corazón, porque me duele un poco, y me da un poco de vergüenza, pero no me duele de verdad y no me arrepiento de lo que hago. No soy buena pero sé que usted me entendería si supiera, aunque a veces me entra un apuro muy grande de pensar que padre me está viendo desde el cielo, o desde el purgatorio, porque padre era un poquitito soberbio, que él me perdone, y a lo mejor tiene que pasarse unos siglos purgando sus faltas. Y no es que me alegre, claro, pero a cada cual lo suyo. Usted sí que irá al cielo derechita, madre, y desde allí sé que me comprenderá y que rezará por mí.

Isabel me decía que hay que vivir y a mí siempre me ha dado mucha envidia la Isabel, tiene una vida de artista llena de aventuras, tendría usted que verla lo aparente y guapetona que está cuando actúa con su traje de estrella y los focos y todo eso, la Isabel sabe mucho de lo que es el mundo y le ha pasado de todo y no debe aburrirse nunca. Pues Isabel me decía que hay que vivir y yo creo que ahora estoy viviendo y a ratos soy feliz y a ratos me entra como una angustia muy grande por dentro, pero los ratos de felicidad son más largos, así que da lo mismo.

A Damián le han llamado por fin para la mili, estaba de médicos porque casi se libra por la vista que la tiene un poco cruzada, pero después le han dado útil y ahora está en un cuartel de aquí, de cerca la ciudad, y tiene pase de pernocta que le llaman, que es que sale a las seis de la tarde y viene a casa, pero está todo el día allí el pobre y lo pasa muy mal la criatura. Damián es el sobrino del portero, no sé si sabe usted, no sé si ya le hablé de él, tiene veintiún años, o sea, veintitrés menos que yo, y es huérfano el pobre desde chico, que no conoció madre, y siempre estuvo muy maltratado por la vida, a mí es que se me rompe el corazón cuando lo veo.

Rece usted por mí, madre, y no deje de quererme aunque le digan de mí lo que le digan, porque las cosas no son como parecen. Rece usted por mí y perdóneme, porque yo sé que Dios me perdonará, y después de Él es usted lo que más me importa en este mundo. Y reciba usted todo el cariño de su hija que la necesita y que la quiere,

Antonia.

P.D.: Antonio está muy bien y manda besos.

# 17

—Se lo digo para que lo tenga en cuenta, Menéndez. Que he oído a los de Estupefacientes hablando de este club. Dicen que últimamente están empezando a venir por aquí unos cuantos pájaros de los suyos. Dicen que el Desiré es un centro de distribución de drogas.

—¡Pero eso no es cierto, señor inspector! —gimió Menéndez, horrorizado—. ¡Eso no es cierto, se lo juro por lo más sagrado, éste es un local muy decente, usted lo sabe, usted...!

—No sea tonto, Menéndez —le cortó García—. A mí no me tiene que jurar nada. Se lo estoy diciendo como amigo, no como policía. Es un consejo. A mí el asunto me la trae floja. La mandanga no es lo mío.

—Sí, sí señor inspector, gracias... —balbució el otro.

—Se lo digo porque es una pena. Esto ha sido siempre muy tranquilo. Debería andar con ojo y echar a toda esa morralla —dijo García, señalando despectivamente con la barbilla hacia un hombrecito de ojos desteñidos que permanecía petrificado en el sofá, media botella de agua mineral ante él y la mirada ausente—. Y cuanto antes mejor. Que luego, cuando se corre la voz y se hacen fuertes, ya no hay manera de sanear un local.

—Para el gasto que hacen, además... —murmuró Menéndez rencorosamente.

—Pues eso.

Bella les oía hablar como entre sueños, a través del bochorno de la noche. La presencia del inspector García le era cada vez más insoportable. Nunca le habían gustado gran cosa los policías, pero siempre se las había apañado para llevarse bien con ellos, por si acaso. Ahora, en cambio, empezaba a sentir una verdadera repulsión. Quizá fuera de resultas de la actitud del Poco. El Poco odiaba a la pasma, eso estaba claro. Cada vez que venía el inspector García, el Poco se retiraba al guardarropa. No con miedo, porque no tenía miedo de nada, sino con desprecio, casi con asco. Y el Poco era un hombre muy sabio. Tenía respuestas para todo, conocía el por qué de las cosas. Si se comportaba así sería por algo. Bella confiaba mucho en él, y los enemigos del Poco empezaban a ser enemigos naturales también para ella.

No necesitaba mirarle para saber donde estaba. Bella no necesitaba mirar al Poco para verle. Era como si de repente le hubiera salido un tercer ojo en la coronilla, o como si le hubiera crecido una antena de radar entre las cejas. Ahora Bella era consciente todo el rato de la presencia del Poco. Sabía, en cada instante, en qué lugar del club estaba el hombre, si se movía, si estaba triste, si fumaba, si la estaba contemplando, si la ignoraba. Lo sabía todo sin mirarle. Ella a lo suyo, fregando cacharros, o sirviendo copas, o tocando en el estrado. Y la imagen del Poco en un rincón de su retina, aunque lo tuviera a las espaldas. Ahora ya no la pillaba jamás de improviso, como antes, cuando aparecía y desaparecía como un fantasma. Eso debía ser el verdadero amor, se dijo Bella. Adivinar al otro hasta en los actos más pequeños. Yo quiero un corazón que me acompañe.

—Hola, tía, ¿me has echado de menos?

—¿Qué?

Ojos achinados, labios pálidos y abultados, como enfermos. Era el macarrita de siempre, aquel que se había llevado al drogadicto del retrete.

—Anda, titi, confiesa... Di que te alegras de verme.

—Vete a la mierda.

Hacía tiempo que no venía por el club, sí. Pero seguía igual. La misma desfachatez, la misma cara de niño vicioso, el mismo cuerpo de adolescente encanijado.

—Pues me di el piro y estuve haciendo bisnes por la costa, por eso no he venido. Si te lo montas bien, en la costa puedes hacerte con un montón de pela, los veranos.

—Por mí como si te tiras por un desagüe.

—Menos labia y ponme un güisqui. Y del bueno, titi. Estoy forrado.

Menéndez miraba al macarra torvamente, como intentando calibrar si era de los que tenía que echar o no. El inspector García ya se había ido, pero el Poco seguía sin salir de su rincón. Estaba en uno de sus momentos malos, estaba taciturno y poseído. Qué no hubiera dado Bella por poder meterse dentro de su cabeza, por verle por dentro, con todos sus pensamientos al aire. Ella hacía todo lo posible por comprenderle. Le estudiaba, le repensaba, desmenuzaba cada uno de sus gestos y cada una de sus palabras durante horas, procurando adivinar lo que tenía por debajo. Pero el Poco era un hombre difícil. Qué pena, haberle conocido tan mayor. Ahora a Bella le entraban unas nostalgias tontas, una melancolía absurda. Le entristecía, por ejemplo, el no haber conocido al Poco de joven. Y de adolescente. Y de niño. Intentaba imaginárselo con quince años, con la torpeza de la pubertad, tierno y a medio hacer. Y cuando pensaba en estas cosas, Bella se derretía de cariño. Cómo habría sido el Poco de bebé, gordito y sonrosado, qué cara tendría cuando aún no era más que un proyecto de lo que hoy era. A Bella le encorajinaba que el tiempo le hubiera robado todas esas posibilidades de vivirle. Hubiera querido poseerle totalmente, conocerle en todos los Pocos pasados que guardaba dentro de sí. Hubiera deseado saber quién era antes de convertirse en el Poco.

—Oye, Poco, ¿y tú cómo te llamas? —le había preguntado un día.

—Tú lo has dicho. Me llaman el Poco.

—No, pero yo digo de verdad. Cómo te llamas de verdad, cómo te bautizaron.

—Me llaman el Poco. Y de lo de antes no me acuerdo —contestó.

Y Bella se moría de curiosidad. Hubiera dado cualquier cosa por abrir la bolsa de plástico negro que el Poco guardaba en el guardarropa. Descorrer la cremallera y hurgar en sus secretos. Pero no había encontrado el momento para hacerlo. Era imposible, porque el Poco estaba siempre en el Desiré, no se movía del local. Bella suspiró y encendió un cigarrillo.

—Leches...

Estaba tonta. Al dar la primera chupada se había metido todo el humo en el ojo izquierdo, y ahora le escocía y estaba llorando y se le debía de estar corriendo la pintura. Se sujetó las lágrimas con la punta de una servilleta de papel y se fue al retrete a darse agua en el ojo y refrescarlo.

Ahora sí, ahora sí que estoy horrorosa, se dijo Bella, mirándose en el espejo de azogue podrido y amarillento. El agua había completado la labor destructiva de las lágrimas y tenía toda la mejilla embadurnada de rimmel. Últimamente Bella se pintaba mucho más, y se arreglaba con esmero. Últimamente necesitaba estar guapa, para gustar al Poco. Pero cada día se veía más fea. Hacía muchos años que Bella no se preocupaba tanto de su físico. Había ido envejeciendo aburridamente, sin darse apenas cuenta. Pero ahora se miraba de otro modo, y se había encontrado con todos los estragos del tiempo, de repente. Las bolsas debajo de los ojos, y los párpados caídos, y papada. Dos profundas arrugas en las comisuras de los labios, allí donde, de joven, tenía unos hoyuelos muy graciosos. Y los muslos blandos, y las tetas por la cintura. Un cuerpo casi cincuentón, irremediable. Bella se miraba en el espejo y le costaba trabajo reconocerse en esa vieja.

—Pasa, tía, ¿te duele algo?

El macarrita la estaba mirando, burlonamente recostado contra la puerta del retrete. Bella se volvió sin contestar y empezó a frotarse vigorosamente las manchas de pintura de la cara.

—¿Estás llorando, tía? —preguntó el chico; y luego, sin sonreír ya, afirmó—: Estás llorando.

—Es que se me ha metido el humo del cigarrillo en un ojo.

El muchacho se acercó y se puso junto a ella, en el lavabo, mirándola a través del espejo. Tenía ese cuerpo duro y escuálido de los adolescentes que han comido poco y se han pegado mucho. El Poco tenía un cuerpo parecido, pero más sólido, más fuerte, ya cuajado. El rimmel despintado salía mal y la piel estaba ya enrojecida de tanto frotar. Bella se estaba poniendo nerviosa con la presencia del chico, le irritaba que la escudriñara de ese modo. Se sentía torpe y un poco avergonzada, como si la hubiera pillado desnuda.

—Esto no sale. Estoy... Estoy hecha una facha, con toda la pintura corrida...

—A mí me gustas —dijo el chico.

Bella hizo como que no le había oído.

—A mí me gustas, me gustas mucho... —repitió—. Me gustan así, talluditas... Bien hechas... Y con carnes...

El muchacho se inclinó hacia delante y rodeó con sus brazos la cintura de Bella. Suavemente, dulcemente.

—Déjame.

—¿Por qué? Me gustas.

Bella le miraba a través del espejo. Escurrido, imberbe. Con una sonrisa de niño malo. Pero de niño.

—Déjame... —repitió en un murmullo.

—No quiero hacerte nada malo.

El chico apoyaba la cabeza en el costado de Bella y sonreía. Y ella con esa cara, toda despintada y vieja. Cuerpo de crío y modos de hombre. Pero una no se podía fiar de los mocosos como él, se estaba burlando de ella, era un gamberro.

—¡Que me dejes, te digo! —gruñó Bella, dándole un empujón.

—Bueno... —dijo el macarra, encogiéndose de hombros—. Tú te lo pierdes.

—Renacuajo... Si podría ser tu madre...

—Hay madres que están muy buenas.

Y la miraba entornando los ojos. Zumbón y ferozmente indiferente.

# 18

Parecía mentira que una habitación tan pequeña pudiera albergar tanto desorden. Bella resopló con desaliento y comenzó a recoger bragas. Porque había bragas por todas partes, bragas pequeñas, espumosas, bragas de nylon imitando encaje, bragas rojas, negras o rosadas, bragas caladas y bordadas, una marea de bragas sucias inundando los bajos de la cama, salpicando el suelo, coronando las volutas ornamentales del armario. Vanessa asomaba la punta de una nariz amarillenta por encima del embozo y la miraba en silencio.

—Tienes esto hecho un asco, guapa... —gruñó Bella.

El cuarto era más alto que ancho, y la bombilla, polvorienta y pelada, colgaba ridículamente de un cable larguísimo. Bueno para ahorcarse, pensó Bella, de pésimo humor. Eran las cuatro de la tarde pero la luz eléctrica estaba dada, porque la ventana daba a un patio enano muy oscuro. Apenas había sitio para moverse entre la cama, el armario de luna y las dos sillas que componían el mobiliario.

—¿Cuánto pagas por esto, mona? Porque a mí me parece una pensión asquerosa.

Detrás de la puerta se apretujaba el lavabo, desportillado y cubierto de indelebles y sospechones manchones oscuros; en su tripa de porcelana anidaban una falda tubo arrugadísima y una sandalia roja de charol.

—Eres un desastre. Se te mojó el zapato —dijo Bella, sujetando la sandalia entre dos dedos.

El charol estaba hinchado y estallado, como una pústula. Dejó el zapato encima de una silla.

—No creo que tenga arreglo. Lo has desgraciado —remachó.

Se agachó a mirar bajo la cama y extrajo un burruño de ropas del que se habían adueñado las pelusas. Más zapatos. Naipes sueltos de una baraja ausente. Un vaso pegajoso. Mugre y media docena de colillas.

—Lo que se dice una pocilga.

Bella se sentó a los pies de la cama, jadeando. Hacía mucho calor y se asfixiaba en la abundancia de sus carnes. Vació un cenicero lleno de cáscaras de pipas y encendió un cigarrillo. Esta chica es una idiota y una guarra, se dijo sin irritación, como constatando una realidad. La habitación olía a sudor viejo.

Vanessa empezó a lloriquear bajito, hundida entre las sábanas, muy quieta.

—Venga, venga —le reconvino Bella con impaciencia—. No seas tonta.

—Eres tan buena... —farfullaba Vanessa—. Eres tan buena, sois todos tan buenos, y yo os he tratado tan maaaaaaaaaaaaal...

Ahora sollozaba abiertamente. Bella sabía que los arrebatos afectuosos de un enfermo eran tan engañosos como los de un borracho, pero de todas formas se ablandó un poco.

—Anda, boba, cálmate, no digas tonterías.

—Que sí, que sí, que he sido muy mala... Yo aquí todo el día vomitando y con diarrea, yo aquí tirada como un perro y llegó el Poco y me compró las medicinas y me trajo comida y me la hizo, yo estaba tan sola, hiiiiiii...

¿Cómo se habría enterado el Poco de la dirección de la pensión? Y la de las oficinas en donde Vanessa limpiaba por las tardes. El Poco estaba siempre en todo. El Poco era muy bueno. Demasiado. Preocupándose por esta putilla impertinente. Lo que es por ella, como si Vanessa hubiera reventado. Además, nadie revienta por una vulgar colitis. Si el Poco no le hubiera pedido que viniera a verla, desde luego que a ella ni se le habría ocurrido. Aquí, recogiéndole las bragas sucias a esta guarra. El Poco era demasiado bueno. También le había pedido que fuera a las oficinas en donde trabajaba la chica, para avisar de su enfermedad. Y ella, claro, pues había ido. Que Vanessa está mala, que no podrá venir en varios días, había explicado Bella a aquel tipo suspicaz y encorbatado. ¿Quién dice usted?, contestó el ejecutivo, perplejo. Menos mal que ella recordó el verdadero nombre de la chica. Me refiero a la asistenta, a Juana. Ah.

—Yo estaba tan sola, llevaba dos días sin comer, sin poder levantarme, aquí olvidada, creí que me moría, hiiiiiiiiiii...

—Bah, bah, bah, nadie se muere de una cagalera de verano, cálmate...

Qué habitación tan horrible. Estrecha y gris como una tumba. Tantas ínfulas y luego para esto. Tantas ínfulas y no era más que una fregona. Juana la asistenta por las tardes y Vanessa la putilla por las noches.

—Sois tan buenos los dos y yo he sido tan mala con vosotros y estoy tan sola, hiiiiiiiii...

Vanessa fregona, artista con colitis, se dijo Bella, burlona, chupándose la mella. El grifo del lavabo goteaba y el espejo del armario de luna estaba roto.

# 19

Antonia revisó los bártulos con el nerviosismo de los últimos momentos: la botella de vino con gaseosa; la barra de pan; los cubiertos, comprados para la ocasión, plegables, muy bonitos; los vasos de latón; medio kilo de peras pequeñas, que era la fruta que se machucaría menos con el viaje; una tartera con ensaladilla y otra más grande con los filetes rusos que tanto le gustaban a Damián; un cojín para sentarse; una servilleta grande, a cuadros, que podía hacer las veces de mantel. Estaba todo. Se contempló en el espejo de la coqueta, la última ojeada de comprobación: el nuevo traje de flores era muy alegre, aunque quizá algo atrevido. ¿No serían demasiado grandes esos capullos color fresa? Se ahuecó el cabello con los dedos sin resolver la duda y antes de salir, con intuición postrera, cogió el paraguas negro, para el sol.

El autobús de extrarradio llegó en seguida, pero estaba lleno hasta los topes y Antonia tuvo que bregar duramente hasta conseguir espacio para ella y sus tarteras. El autobús trepidaba, los cubiertos y los vasos metálicos tintineaban dentro de la bolsa, las varillas del paraguas se empeñaban en hincarse en los sitios más inadecuados de las anatomías vecinales y Antonia no hacía más que pensar en su Damián. Damián era maravilloso, pero no acababa de entenderle. No comprendía por qué a veces la miraba como asustado, y se ponía arisco, y la rehuía. Otras veces, en cambio, se abrazaba a ella y la estrujaba toda. Una noche, después de hacer lo que hacían, Dios me perdone, el chico comenzó a acariciarle la cara. La acariciaba muy despacio y le decía:

—Cuando hago el amor contigo, Antonia, me parece como si no me fuera a morir nunca.

Eso dijo, tal cual, Dios me perdone.

—Cuando hago el amor contigo, Antonia, me parece como si no me fuera a morir nunca.

Y sin embargo el chico estaba triste, se pasaba los días en un pasmo, sentado en un rincón sin decir nada.

—¡Espere, espere!

Ay qué tonta, casi se pasa de parada. El autobús se detuvo de nuevo con unos cuantos bufidos de frenos y viajeros, y Antonia ganó la puerta a codazos. La parada estaba en mitad de un descampado. Al otro lado de la carretera salía la bifurcación que conducía al pueblo y al cuartel, pero ella tomó la dirección contraria, campo a través. El suelo estaba lleno de plásticos, botes abollados y cascotes; Antonia caminaba arrastrando los pies, y parecía más gorda y pesada de lo que en realidad era. Una vereda de tierra, una suave pendiente que le hizo jadear. Después, dos trochas divergentes.

—¿Y ahora?

Dudó un momento. Luego tiró hacia la derecha. Aunque aún era temprano ya hacía calor, y por el cielo trepaba un sol amenazante. Coronó la cima de una loma pelada: a sus pies se extendía una explanada amplia. Ése era el sitio, no cabía duda. Estaba sin resuello. Abrió el paraguas, sacó el cojín y se sentó a esperar. El campo estaba reseco y las malas hierbas le picaban en las piernas; alrededor zumbaban moscas, avispas, tábanos, hormigas y un sinfín de horrorosos y desconocidos insectos cuyo solo pensamiento espantaba a Antonia. Para distraerse procuró pensar en cosas agradables. En el cuerpo caliente de

Damián, Dios me perdone. Estaba en esas cuando les vio llegar a paso de marcha, allá a lo lejos. Un camión delante, muy despacio, y detrás un par de docenas de soldados. Se detuvieron un centenar de metros más a la derecha, y Antonia se apresuró a recoger sus enseres y a recorrer la loma hasta situarse frente a ellos. Entonces le descubrió ahí abajo:

—¡Eeeeeh!... —gritó Antonia, alborozada—. ¡Damián! ¡Soy yo! ¡Estoy aquí!... ¡Damiá-an!...

Estuvo largo rato agitando la mano y el paraguas y dando voces, pero Damián seguía abajo muy serio y sin dar señales de reconocimiento, aunque el hombre que parecía mandar a los soldados se había vuelto un par de veces a mirarla.

—¡Damiáaaaaaaaaaan! ¡Soy yoooooooo!...

Nada. Ni que estuviera sordo. Dejó caer los brazos y se calló, descorazonada. Abajo los muchachos pataleaban sincronizadamente y realizaban un sinfín de movimientos en apariencia absurdos: reptaban sobre codos y rodillas por el suelo, como lombrices; daban carreras y saltos sobre obstáculos inexistentes; trotaban en fila con un desplazamiento circular que no conducía a ningún lado. Antonia alzó el paraguas de nuevo porque el sol empezaba a ser abrasador; el campo era una cosa horrible, se dijo mientras azotaba el aire con una mano, ese campo lleno de bichos alados repugnantes. Qué guapo estaba Damián con su uniforme: brincaba en la explanada vestido de aceituna. Antonia no se cansaba nunca de mirarle. A veces salía al descansillo de puntillas y atisbaba desde una esquina, mientras el chico barría la escalera con el escobón de mimbres tiesos. O le contemplaba dormir entre sus brazos, como un bendito, mientras ella le espantaba las pesadillas. O se sentaba en el bidet para ver cómo se duchaba la criatura, o cómo se repeinaba el remolino, o cómo se afeitaba con cuchilla. A veces Damián se ponía furioso.

—¿Por qué me sigues a todos lados? ¿Por qué me miras así? —decía.

Pero ella no lo podía remediar. De todos los pecados cometidos, era el de mirar el que más placer le producía a Antonia. Una vez, incluso, curioseó a Damián mientras meaba, que Dios la perdonase, y hay que ver lo raro que lo hacía.

Antonia estaba un poco asustada de su gula visual. Porque había decidido que también se podía cometer pecado de gula con los ojos. Ahora mismo, por ejemplo, ahora mismo, mientras contemplaba a Damián en la explanada con su ropa áspera y caqui, no podía evitar el desnudarle en el recuerdo: sus caderas tibias y flacas, sus nalgas llenas de pelos, el musgo húmedo de sus sobacos, el gusanillo rosado y saltarín de la entrepierna. El gusanillo, sobre todo. Era una protuberancia extraña y sorprendente que, entre otras cualidades, poseía la de internarse en el misterio de sus entrañas de mujer: qué no vería allí, qué no sabría ese gusano retozón. Bzzzzzzzzz, amenazó una avispa, y Antonia dio un salto y se defendió a paraguazos hasta que consiguió alejarla. El caso era que no podía mirar a Damián sin desnudarle mentalmente; era un pecado automático, no hacía más que posar sus ojos en él, y, zas, el chico se le quedaba en puros cueros. Era un fenómeno muy raro, porque Antonia siempre había visto a los hombres como un todo de pelo y ropa, como si el traje formara parte de la piel, como si nacieran así, envueltos en púdicos tergales. Pero ahora, una vez conocidas las agonías de la carne, los ojos de Antonia atravesaban el uniforme del muchacho y reconocía las líneas secretas de su espalda o la blandura momentánea de su virilidad. Que Dios le perdonara, qué vergüenza.

Los soldados se habían alineado de cara a la loma, exactamente frente a ella, y Damián parecía estar mirándola. Antonia batió el aire con ambos brazos como un pajarraco colosal a punto de emprender vuelo:

—¡Eeeeeeeee-eeeeeeh! ¡Damiá-aaaaaaan! ¡Yuu-uuuuu-huuuuu! ¡Soy yooooooo!

Abajo, en la explanada, todos parecían haberla descubierto. Todos giraban disimuladamente la cabeza hacia ella. Todos menos Damián, que se obstinaba en contemplar el suelo. Pero qué chico este, pero mira que es despistado. Antonia contó preocupadamente a los muchachos. Veintitrés. Eran muchísimos. Temió que se le comieran los filetes de su Damián, no se le había ocurrido antes que lo más probable era que tuviera que invitarlos. Ah, pero eso sí que no. No había comida para todos. Lo siento, les diría. Soy tonta, no pensé que fuerais tantos, les diría. Perdonadme si no os ofrezco nada, otro día vendré con más comida. No se preocupe, señora, por favor, que les aproveche, contestarían ellos. Parecían unos chicos buenos y educados.

Los soldados se habían subido a la parte trasera del camión, que estaba parado y con la trampilla bajada. Saltaban al suelo de uno en uno, con el fusil entre las manos, en un ejercicio que a Antonia le pareció verdaderamente tonto. Volvieron a subirse todos a la caja, incluso el que mandaba, o uno de los que mandaban, porque ahora Antonia se había dado cuenta de que había dos que parecían jefes. El camión arrancó y se alejó un buen trecho, y luego giró en redondo y regresó de nuevo, en derechura hacia el oficial que había quedado en tierra. El vehículo avanzaba a un ritmo regular, y de repente empezó a escupir soldados por detrás. Los muchachos se tiraban de la caja y caían como peleles por el suelo; se les veía despatarrados en la tierra, el uno agarrándose una pierna, el otro rascándose un chichón. Antonia se tapó la boca con la mano, sobrecogida de espanto maternal. El camión estaba ya muy cerca de ella y pudo ver cómo el que les mandaba empujaba a un recluta demasiado remiso: el muchacho cayó hecho una pelota y alzó una cara atribulada y una nariz llena de sangre. Tras el vehículo había un reguero de soldados despanzurrados y gimientes y ahora le tocaba el turno a su Damián.

—¡Noooooooooooo!

Soltó el paraguas y bajó la ladera corriendo, con una agilidad insospechada. En un abrir y cerrar de ojos llegó a la explanada, pero Damián ya había saltado; estaba sentado en el suelo y se sobaba un hombro con gesto dolorido.

—Damián, mi niño...

Sintió que alguien la sujetaba por un brazo: era un hombre joven con dos estrellas en la gorra.

—¿Dónde va usted, señora? No se puede estar aquí.

—¿Pero no ve que mi Damián se ha hecho daño? —se indignó ella, forcejeando; pero la mano parecía de hierro y le hacía daño—. Damián, mi vida, no te preocupes, ya estoy yo aquí para cuidarte —gritó por encima del hombro del oficial.

El chico se había puesto de pie, cabecigacho. Lo único que se le veía eran las orejas, separadas y rojas como dos rajas de tomate.

—¿Quién es esta mujer, soldado? —preguntó el hombre de las estrellas.

Damián se cuadró, carraspeó, sorbió. Alzó la cara y lanzó a Antonia una mirada estrecha y afilada como un cuchillo. Volvió a hundir la barbilla en el pecho.

—Es... Es mi madre, mi teniente.

—Pues dígale que se vaya y que aquí no puede estar.

—Sí, mi teniente.

Silencio. Alrededor se habían arremolinado los soldados.

—Vete. Ya has oído al teniente. Aquí no puedes estar. Vete.

Calor. Olía a sudor cuartelero, húmedo sobaco caqui, pies aprisionados por las botas.

—Pero Damián, mi vida, pero si soy yo, pero por qué dices esas cosas...

—Vete por favor por favor vete.

—Pero Damián, si te he traído los filetitos rusos que tanto te gustan...

Un murmullo regocijado agitó a los espectadores.

—¡Vete! —chilló Damián de repente, los puños apretados, los ojos en el suelo—. ¡Vete de una vez! ¡Me pones en ridículo! ¡Vete, vete, veteeeeeee!

Se hizo un silencio absoluto. Antonia abrió y cerró la boca varias veces, sin encontrar palabras. Las moscas seguían empeñadas en libar de los capullos de su traje. El sol enceguecía, el día era asfixiante. El aire se llenó de puntos luminosos, una constelación que daba vueltas. Trastabilleó, mareada.

—Váyase, señora —dijo el oficial; la había cogido por el codo y la empujaba.

Antonia respiró hondo y los puntos luminosos retemblaron. Obedeció la orden dócilmente y se alejó hacia la ladera, gruesa, lenta, majestuosa. Los reclutas soltaron las risas, de pronto todos parecían sentirse muy chistosos, mi vida, mi Damián, mi corazón, ¿quieres un filetito, mi tesoro? Las malhumoradas órdenes del oficial recompusieron las filas y el silencio.

—Déme novedades, sargento.

—Un soldado parece tener rota la nariz, y otro se queja del tobillo y dice que no se puede tener en pie, mi teniente.

—¡Sois de mantequilla! —ladró el oficial—. ¡Sois peor que señoritas! ¡Me avergüenzo de vosotros! ¡Si esto hubiera sido el campo de batalla hubierais muerto todos! ¡Parecéis maricas, sois el hazmerreír del batallón! ¡No me extraña que vuestras madres vengan a daros sopitas!

Los reclutas rieron nerviosamente.

—¡Silencio, imbéciles! Volvemos al cuartel, y os aseguro que antes de terminar la semana habréis aprendido a tiraros como es debido, aunque tenga que abriros la cabeza. A ver, vosotros, ayudad a ese que dice que no puede andar... Y pobre de él si luego el médico no le descubre un hueso roto, porque entonces se lo voy a romper yo.

Damián se colgó el fusil a la espalda. Se había lastimado el hombro al caer y ahora la articulación le palpitaba y le dolía. Miró hacia la loma: Antonia trepaba desmañadamente allá a lo lejos, toda capullos fresa, toda carnes, y más que caminar parecía rodar ladera arriba en un imposible ejercicio gravitatorio. Me ha dicho Damianín que quiere tomar teta, susurró un recluta a sus espaldas, y un espasmo de risas ahogadas recorrió la fila. Los terrones del campo se deshacían en migas de barro seco bajo las botas. Teta, teta, teta, reverberaba la palabra entre murmullos, a medida que los soldados se pasaban el chiste. Un paso, un coágulo de tierra que se desmenuzaba con sordo siseo, el eco de una risa contenida.

—Así es que esa mujer es tu madre —dijo el oficial, apareciendo de pronto junto a él.

—Sí, mi teniente...

—Pues tienes una madre de buen ver todavía, soldado, de buen ver.

En el perfil del monte, a punto ya de desaparecer, la pequeña figura floral abrió un paraguas negro.

# 20

El verdadero terror comenzó en la sala de espera del aeropuerto, cuando se encontró definitivamente abocado a la aventura, definitivamente solo ante Vanessa, cómo se me puede haber ocurrido esta locura, cómo he podido meterme en esta historia. Estaban sentados el uno junto al otro y sin rozarse, Antonio muy tieso y asustado, Vanessa canturreando deshilachadamente un tema de Julio Iglesias. Llevaban largo rato sin hablarse: en la primera media hora la chica le había vuelto a contar todos sus sueños de estrellato y después la conversación se había ido secando irremediablemente. Y eso que el viaje propiamente dicho todavía no había empezado. Madre de Dios. Ante Antonio se abrían tres días de silencio, un desierto de aburrimiento que él debería llenar como fuese, so pena de sufrir una derrota colosal. Contempló con ansiedad el panel de vuelo, a la espera de que se detuviese el aleteo electrónico y saliese al fin el embarque de su avión; eso le proporcionaría por lo menos unos minutos de tregua, tendrían que levantarse, recoger los bultos, dirigirse a la puerta, subirse al avión, buscar un sitio; tendría algo concreto que hacer y eso sería más digno que permanecer mudo e inmóvil como un pasmarote, consumido por el arrepentimiento. Lo que le preocupaba a Antonio no era la posibilidad de divertirse o de aburrirse en este viaje: en sus consideraciones no entraba su propio placer. Su única y tremenda inquietud consistía en el fracaso, es decir, en que fuera Vanessa la que se aburriera; en que, al cabo de los tres días, la muchacha no quedase convencida de que él era el varón más maravilloso de la tierra.

Cómo podía haberse arriesgado tanto. Qué estúpido, qué insensato había sido al proponer a Vanessa la aventura de un fin de semana en la costa, al que él, rumboso, le invitaba, para que la muchacha conociera el mar. La noche en que hizo la propuesta la cosa le pareció muy fácil. A fin de cuentas él pagaba todo: gracias a él la chica viajaría por primera vez en avión, gracias a él pisaría una playa. La llevaría a restaurantes buenos y a hoteles de tres estrellas, de esos que ella no había frecuentado. Deslumbraría a la joven pueblerina con su experiencia de hombre maduro y su dinero (porque estaba dispuesto a gastarse la paga en los tres días) y la chica no tendría más remedio que adorarle. El asunto era diáfano.

Pero su seguridad se había hecho trizas en los primeros momentos del encuentro. Vanessa no parecía en absoluto impresionada por el hecho de viajar en avión, ni, lo que era peor, por su persona. Antonio hizo dos o tres conatos de conversación inteligente y empezó a explicarle el apasionante mundo del olfato, pero la chica le había oído sin escuchar, con impaciencia, esperando la primera pausa en sus palabras para cambiar de tema y lanzarse a cotorrear sobre sus tontas aspiraciones artísticas, que era lo único que parecía interesarle. Para colmo del desastre Antonio desconocía este mundillo, y la chica se sorprendía a cada momento de su ignorancia y le espetaba escandalizados «¡Cómo! ¿Pero no sabes quién es Bo Derek?», mientras le miraba reprobatoriamente como quien mira a un asno.

—Antonio, chico, pero ¿en qué estás pensando? Venga, que ya va a salir nuestro avión, vámonos...

—¿Eh? Ah, sí...

Y encima esto, se dijo Antonio amargamente, encima despístate y que se te pase el embarque y que sea ella, la novata, quien te tenga que avisar. El fin de semana empezaba fatal.

El vuelo fue breve pero desastroso. Vanessa no miró ni una sola vez por la ventanilla y no mostró ningún temor, comportándose con el aburrido desinterés de quien se ha pasado media vida en un avión. Además la chica se enfrascó en una estúpida conversación con el tercer vecino de asiento, casualmente marica y peluquero, que estaba impuesto en cortes capilares a la moda y que sí sabía quién era esa Bo Derek, monísima monísima. Terminaron tan amigos que Vanessa se empeñó en compartir con él el taxi, no te preocupes, querido, te acercamos, y cruzaron los tres juntos la ciudad, que olía a crema bronceadora y sal marina, hasta apear al peluquero lejísimos, a setecientas pesetas de taxímetro de distancia, entre remolinos de besos y promesas de cortes de pelo fascinantes. Solos ya, y de nuevo tiesos y callados, Antonio empezó a sentirse enfermo. A medida que se iban aproximando a su destino, un enorme y descuidado hotel frente a la playa, la tortura de Antonio se concretaba en torno al inminente desastre, es decir, en torno al previsible e inevitable encuentro sexual que el viaje suponía. Él siempre había sentido un natural recelo hacia las mujeres y un lógico temor a los polvos primerizos, que ya se sabe que son una dura prueba para el hombre. Pero ahora, a sus 49 años, había empezado además a desconfiar de su potencia amatoria: su frágil constitución le predisponía a un envejecimiento prematuro, y sus exuberancias no eran ya tan exuberantes ni asiduas como antes. Claro que con los años había aprendido técnicas, recursos colaterales y otras virtudes táctiles que compensaban en parte lo decaído de la arboladura. Con estas artimañas se las había podido arreglar siempre honrosamente, sobre todo teniendo en cuenta que se había especializado en relaciones esporádicas con mujeres adultas y ya calmadas por los desengaños de la vida. Pero ahora, en cambio, se tenía que enfrentar con la legendaria e inagotable voracidad de una criatura de dieciocho años, voracidad que él debería satisfacer durante el interminable período de tres días. Horroroso. Era necesario encontrar una estrategia adecuada, una táctica amatoria de emergencia. Tras hacer un apresurado recuento de sus tropas, Antonio sacó la amarga conclusión de que sólo podía intentar tres asaltos en tres días, es decir, un envite por noche como mucho, porque la cosa, su cosa, no daba para más elasticismos. De modo que el primer peligro le esperaba a pie de taxi, en cuanto que llegaran al hotel. Porque eran las cinco de la tarde del viernes, con un calor y un sol insoportables, y lo normal, lo lógico, lo exigido, era que Vanessa y él se guarecieran en la habitación y gozaran de una siesta ajetreada. Pero ay de su hombría si despilfarraba tan pronto las enjundias: luego, por la noche, carecería de resuello y se convertiría en el hazmerreír de la muchacha. Ya le parecía estar oyéndola, en el Desiré, días más tarde: pues no os lo podréis creer, pero no se le empinaba... Qué espanto. La frente se le cubrió de sudor frío y se le escapó un gemido.

—¿Te pasa algo? —preguntó Vanessa, traqueteando en el taxi junto a él.

—No, nada... Carraspeaba.

Tengo que sacarla rápidamente del hotel, se decía Antonio febrilmente. Tengo que sacarla del hotel y mantenerla muy ocupada todo el tiempo, excursiones, bailes, paseos, natación... La cosa es que por las noches acabe reventada de cansancio. Tres días. Tres terroríficos e inacabables días. Cómo podía haber sido tan insensato, cómo se había dejado atolondrar así por el deseo de Vanessa (cuerpo joven, largas piernas), hasta el punto de salir de sus rutinas y de descuidar las más elementales normas de seguridad. Veinte años atrás el asunto no hubiera tenido ninguna importancia: habría encerrado a la muchacha en el hotel durante los tres días y la habría devuelto a la ciudad ahíta, satisfecha y traspasada. Pero ahora, con el caudal disminuido por la edad, la aventura podía terminar trágicamente.

Así es que llegaron fatalmente al hotel, se inscribieron en el registro, recibieron las llaves, y por mucho que quiso Antonio entretenerse en estas cosas, antes de diez minutos se encontraron solos, frente a frente, en una habitación del tercer piso, con cuadros de sirenas en las paredes, ceniceros imitando caracolas y un mareante olor a ozonopino.

—¡Al fin solos! —exclamó Vanessa, que era todavía lo suficientemente joven como para creerse original al decir esto.

Antonio se precipitó hacia la ventana y corrió las cortinas floreadas: el océano apareció al fondo con todo su esplendor de sol y de agua.

—El mar —dijo Antonio solemnemente, acompañando sus palabras con un vago gesto de mano, como quien presenta a un caballero honorable con quien se tiene poca confianza.

—Ah —contestó Vanessa desapasionadamente—. Es grande.

Dicho lo cual se desentendió del paisaje y se tumbó boca arriba de una de las camas gemelas, estirándose voluptuosamente.

—Hummmmmmmmmm... —maulló—. Qué bien se está aquí, tan fresquito... Ahí fuera hace un calor horrible.

Y sonrió coquetona y hecha mieles. Antonio estaba tan empapado en sudor que le pareció que podía oler su propia transpiración.

—No te tumbes, no te tumbes que nos vamos —se apresuró a decir, dando un paso atrás. Chocó contra la pared y apoyó inadvertidamente la nuca en la barriga escamosa de una sirena.

—¿Ahora? ¿A dónde? Pero si hace un calor espantoso, hombre...

Vanessa se levantó con gran revuelo de faldas y vislumbre de braguitas, y se abrazó a él zalameramente. Ñac, ñac, gruñía el cuadro de las sirenas, balanceándose peligrosamente en la pared con los empujones de la chica.

—Podríamos echarnos una siestecita... —bisbiseó Vanessa refrotándose contra él.

—No, no, tenemos que irnos. Hay que... Hay que ver el mar.

—Pero, hombre, si no nos lo van a quitar, podemos ir luego... Además, ya lo he visto por la ventana.

—No, no, es que ahora es mucho más bonito, con todo el sol, y el agua brillando, y la...

La muchacha le había metido la lengua entre los dientes y ahora le escarbaba concienzudamente el paladar. Antonio sintió que se le alborotaba la entrepierna y estuvo a punto de ceder. Pero en un supremo esfuerzo la apartó de sí y atinó con un argumento convincente.

—Espera, escucha: ¿qué te parece si nos ponemos el traje de baño y nos vamos a la playa? Hace una tarde estupenda y deberíamos aprovechar para tomar el sol, me han dicho que va a cambiar el tiempo y que a lo mejor llueve... ¿Qué te parece?

Le pareció bien. Vanessa era una adicta del bronceado y además la maldita diarrea la había dejado bastante paliducha. De modo que bajaron a la playa, chapotearon en ese mar deshidratado y saturado de sal, se embadurnaron con los pringues solares que había traído Vanessa, se pellizcaron, se llenaron de arena, se quemaron la nariz y perdieron un reloj —el reloj de Antonio: una prueba más de mala suerte. Al atardecer regresaron al hotel para cambiarse y salieron a tomar un aperitivo, y luego a cenar, y luego a bailar, todo ante la atonía de Vanessa, que no parecía sorprenderse de nada, que no se

174

mostraba lo debidamente admirada y agradecida, que pidió una pizza en la marisquería de lujo a la que él le llevó a cenar. Horrible. Al filo de las tres de la madrugada, Antonio, con jaqueca y la espalda abrasada por el sol, regresó al hotel con una Vanessa inagotable y fresca como una rosa.

Se inició entonces la impostergable escaramuza, a la que Antonio se enfrentó con ciertas dificultades de perduración, porque Vanessa tenía un cuerpo tibio y caramelo y porque el día había sido pródigo en tentaciones. Intentó esmerarse, realizó variadas acrobacias, recurrió más a la anchura de su experiencia que a la hondura de su vigor, y, en lo más álgido del encuentro, se puso a contar las flores del cortinaje para durar más. Logró cubrir el objetivo de un modo que él consideró satisfactorio, y después de un ratito de charla se cambió a su cama alegando que estaba muy cansado. La verdad era que se encontraba fatal: le dolía terriblemente la cabeza, a su nariz llegaba el desquiciante olor a sexo de Vanessa y la sábana hería sus hombros quemados. Pero sobre todo le espantaba la idea de que la chica le exigiera un doblete, cosa natural en ella y a sus años, pero imposible para él a estas alturas y flaccideces de su vida. Así que fingió un sueño rápido y pesado, atisbando entre pestañas a Vanessa, que permanecía boca arriba en la cama, desnuda, sin apagar la luz de su mesilla. El aire acondicionado ronroneaba tapando el ruido de las olas y Vanessa se contemplaba el cuerpo, cosa que era uno de sus pasatiempos favoritos. Hay que ver qué mundo tiene Antonio, qué elegancia, se decía la chica mientras se apretaba un muslo para comprobar que no tenía celulitis. Ahí estaba, durmiendo en su cama, tan señor, y no como los hombres que ella había conocido, unos animales que no pensaban en otra cosa que en follar y que después de una noche entera de trajín la dejaban escocida y dolorida de entrepierna y de por dentro, como de alma. Esto era lo que le convenía a ella, un caballero que la cuidase. Se volvió a contemplarle, encantada de sus canas, de su fría y paternal seguridad. Pero Antonio confundió esa mirada filial con la de gula, y se estremeció. Simuló un ronquido para dar más veracidad a su dormir y se dijo, torturado con la secreta visión del cuerpo rubio y canela de la chica, que esto no hubiera sucedido hace veinte años, que entonces no la habría dejado salir de la cama en los tres días.

# 21

Los tipos le desagradaron desde el primer momento. El uno era alto, fanfarrón, de piel pulida y aceituna; la camisa se le entreabría en el pescuezo, mostrando un generoso trozo de pelambre pectoral y un dorado enredo de cadenas; estaba muy calvo, pero por detrás, a la altura del cogote, llevaba unos pelos largos y ondulados, domesticados a golpe de brillantina. El otro era bajo y robusto, un canallita fondón vestido en negros, con una palidez atravesada y una masa de rizos que nacía apenas un centímetro por encima de las cejas, como para compensar la escasez pilosa de su amigo. Rondaban ambos la treintena y procedían, sin duda, del otro lado de la frontera: eran dos guapos del Barrio Chino, gente profesional de la camorra. Bella se lamió la mella con disgusto: Vanessa se pavoneaba ante los chulos, lanzaba carcajadas de opereta, coqueteaba con una inconsciencia peligrosa. Esta chica se va a meter un día en un buen lío, pensó Bella. Y luego miró al Poco, satisfecha de tenerle ahí, sintiéndose segura en su presencia: estaba al fondo, en su rincón, leyendo atentamente algo en un papel. El Poco alzó la cara y sus ojos se encontraron. A veces los ojos del Poco eran un pozo, como ahora: unas pupilas de vértigo, agujeros. El hombre sonrió y cruzó el Desiré evitando con amplio margen a Vanessa y a sus dos macarras retadores. Llegó junto a Bella y depositó el papel sobre la tapa del órgano.

—A ver qué te parece.

Era una poesía. No, un bolero, corrigió el Poco. Y comenzó a tararearlo con su voz ronca, a ver si tú coges el tono, Bella, que yo no sé nada de solfeos. No sé cómo contarte, la profunda finura de mi amor, que quisiera rodearte, de un cariño que te libre del dolor, canturreaba el Poco, raspando guturalmente las palabras. Envolver tu cuerpo con mis besos, inventar un mundo sólo para ti, comprender el más profundo de tus sueños, casi me da miedo el quererte así... Bella se esforzaba en traducir los resoplidos al teclado y en aprenderse la canción, y al cabo de un rato se atrevió a interpretarla entera y sola.

—No sé cómo contarte, la profunda finura de mi amor, que quisiera rodearte, de un cariño que te libre del dolorrrrr... Envolver tu cuerpo con mis besosss, inventar un mundo para ti, comprender el más profundo de tus sueños, casi me da miedo el querertea-siiiiii... Tengo para ti tantos regalos, de amor ternura y compasión, que no sé ni cómo puedo darlos, que no sé desirte mi pasiooooon... Sería imposible el explicar, el ansia de ti que mi alma peina, por eso, por eso en mi locura, sólo sé jurar, que te trataré como a una reina... Por eeeeeso, por eeeeeso, por eso en mi locura, sólo sé jurar, que te trataré... como a una reinaaaaaa...

Bella improvisó unos compases, inventando un bonito cierre a la canción. Qué hermosura de bolero. Así era el Poco por dentro, así de hermoso. Un hombre de una pieza. La cáscara dura y el corazón jugoso, como una nuez. Se lamió la mella, emocionada, a punto casi de llorar. Últimamente Bella tenía la lágrima fácil, como si se le hubieran pelado los nervios de la conciencia.

—Es maravilloso. Maravilloso, de verdad, me gusta mucho.

—¿Sí? ¿Tú crees? Hacía mucho que no escribía un bolero. ¿Te gusta? Dímelo de verdad, mujer.

Cuando el Poco le llamaba «mujer», Bella se derretía. Entonces se sentía toda ella mujer, la única mujer del mundo, mujer de arriba abajo. «Comprender el más profundo de tus sueños», decía la canción. Era exactamente lo que ella pensaba, exactamente lo que ella buscaba. Eran tan iguales, el Poco y ella. Tan parecidos. Idénticos en sus arrugas interiores. Ella le podría hacer feliz. Tenía tanto para darle.

—Es precioso, Poco. Yo siento lo mismo, lo mismo que tú sientes. Lo mismo que tú dices en el bolero. Gracias, Poco, muchas gracias.

Las gracias le salieron automáticamente, sin pensarlo. Porque el bolero era suyo. Tenía que ser suyo. Tenía que referirse a ella. ¿Por qué, si no, el Poco la acompañaba cada noche? ¿Por qué se lo había dado a leer, por qué la llamaba mujer, por qué la miraba de ese modo? Tenía que ser ella. Pero, ¿y si no era? De pronto a Bella le entró miedo, temió haberse puesto en evidencia. El Poco la estaba escudriñando con una expresión impenetrable. Después hizo una mueca rara, como si se le hubiera paralizado la sonrisa.

—Bueno, Bella, si de verdad te gusta tanto el bolero, te lo regalo... Para ti.

A Bella se le achicó algo por dentro y se sintió empapada de vergüenza, aun sin saber muy bien por qué. Algo funcionaba mal, algo no era. Apretó las mandíbulas, furiosa consigo misma, y guardó silencio. Una carcajada estridente de Vanessa les hizo volverse a contemplarla: la chica se apoyaba en el hombro del macarra alto y reía y tosía a la vez, la boca desmesuradamente abierta, enseñando la campanilla y dos hileras de dientes sanísimos, blancos y apretados. Estaban los tres bastante borrachos.

—Pobre Vanessa —dijo el Poco en tono neutro, sin emoción. Y luego, volviéndose a Bella—: Canta otra vez el bolero, anda...

—No, no —contestó ésta, malhumorada—. Ahora

no tengo ganas. Además es un bolero para hombres. Habría que cambiar la letra para cantarlo yo.

El Poco se encogió de hombros y se retiró sin añadir palabra. Bueno. Que se fuera. A ella le daba igual. Que se metiera en su chiscón y se pusiera mustio y triste, como siempre. Allá él. Que le reventase su secreto dentro, como un grano. Bella había intentado ayudarle. Ella tenía la conciencia bien tranquila. Ella, en realidad, era lo que se dice feliz estando sola. Vanessa daba tumbos en mitad del club y relumbraba, el cuerpo tostado, el traje rojo bien ceñido. Una chica muy vulgar, se dijo Bella. Una trotona de culo respingado, como tantas. Ni siquiera guapa, sólo joven. Cuando llegara a su edad estaría hecha unos zorros. Y sin embargo Antonio se la había llevado de viaje, había invitado a esa tontita. Los hombres eran así, superficiales. Se les llenaban los ojos con las carnes y no iban más allá. Ella, en cambio, se fijaba en lo de abajo. En el fruto de la nuez y no en la cáscara. Injusto. Era injusto que los hombres se portaran así. Ella era por dentro mucho más hermosa que Vanessa, pero no se paraban a mirarla.

Vanessa trastabilleaba, y se ufanaba, y agitaba el aire a pestañazos, y lucía el relieve carente de sostén de sus pezones, de los que era consciente todo el rato. Cuchicheaba estruendosamente con el más alto, mientras el de negro sonreía turbiamente, resignado a su condición de segundón. Bella decidió, con intuición nacida de la experiencia, que éste era el más peligroso de los dos, porque al ser feo y subalterno debería demostrar que al menos era un canalla aventajado. Se estremeció, repentinamente medrosa: el más bajo le recordaba a aquel animal que le partió el colmillo de un guantazo, doce años atrás. Se tocó la mella con la punta de la lengua, desasosegada, y buscó con la mirada al Poco: estaba en el guardarropa y los ojos le brillaban mientras seguía, atento y calmoso, las evoluciones de los chulos. Menéndez tampoco estaba tranquilo: había dejado a un lado su novela de tapas pringosas y se refrotaba las manos como si amasara una bola de pan entre las palmas.

Vanessa y los dos tipos habían estado bebiendo sucesivos cubalibres que el más alto pagaba con desplante generoso. La bebida producía en él un curioso efecto multiplicador de extremidades, porque ahora parecía disponer de más brazos que antes, brazos con los que pellizcar a Vanessa, brazos con los que apretujarla contra él, brazos que sobaban, palpaban, rozaban, exploraban, toqueteaban, apresaban. La chica forcejeaba y le esquivaba entre coqueteos y chillidos, como jugando. Pero el hombre empezaba a ponerse exigente y suspicaz y Vanessa se estaba enfurruñando:

—Ay, tío, qué pesado eres, suéltame, tú, que no puedo beber...

El tipo se rascó la punta de la nariz, sorprendido y beodo. Luego frunció el ceño y pareció quitársele la borrachera de repente.

—Vámonos, guapa —dijo secamente.

Ahora, ahora llega el lío, se veía venir, estaba claro, tembló Bella. Cuando aquel animal le partió el diente nadie había intervenido, no la habían ayudado. Bella miró al Poco. Éste sonrió, tranquilo y quieto.

—¿Que nos vamos? ¿A dónde? —preguntó Vanessa, torpe de lengua y de entendederas.

—Nos vamos y basta, guapa. Coge el bolso.

—Uy, no —se alertó tardíamente ella, esforzándose en comprender a través de las brumas del alcohol—. No, querido, no, encanto, yo me quedo aquí, ¿verdad que no te importa, tesoro? Estoy muy cansada, me quedo aquí y luego me voy a casa, ¿vale? Eres un cielo y he pasado una noche estupenda y los dos sois unos cielos y nos tenemos que ver otro día y...

El tipo la agarró por la muñeca. Se tambaleaba un poco, pero su voz era clara y firme.

—Tú te vienes con nosotros —silabeó.

—Tú te vienes con nosotros —repitió el de negro, como un eco.

—Ay, no, suelta —se retorció Vanessa. Déjame, anda, sé bueno, estoy cansada, déjame... Suelta, ay, suéltame, me haces daño, bruto... ¡Déjame! ¡No quiero ir!

—Mocosa de mierda, tú te crees que nos vas a torear, tú te crees que puedes reírte de nosotros, zorra... —bramaba el hombre tirando de ella.

—Tú te crees que puedes reírte de nosotros, puta, puta —repitió el energúmeno de negro, dando dos pasos para colocarse estratégicamente entre su amigo y la barra, piernas abiertas en compás, brazos despegados flojamente junto al cuerpo, como un vaquero de película.

Ya está, ya se armó, ya empezamos, pensó Bella, y miró al Poco. Seguía acodado en el mostrador, rígido como un busto de escayola, los labios apretados, la expresión vacía. Los dos únicos clientes que había en el local se escurrieron a la calle sin hacer ruido. Vanessa pataleaba como una niña pequeña y tironeaba del brazo capturado, más furiosa que asustada: déjame, bruto, animal, no quiero ir, te digo que no quiero ir, no voy. Zorra puta guarra zorra, mascullaba el tipo, ahora verás lo que yo hago con las putas que intentan reírse de mí, ahora verás lo que son risas. El hombre tiró de ella, la atrapó con ambos brazos y la levantó del suelo fácilmente. Vanessa le golpeaba el pecho con sus puños, e intentaba patearle, y chillaba, ahora toda susto y ya sin furia, socorro, no quiero ir, socorro.

Ahora, se decía Bella. Ahora va a intervenir el Poco, ahora va a ser. Pero no era. Pasaban los segundos y todos permanecían inmóviles y mudos, el tipo blasfemando, Vanessa retorciéndose, anda, guapo, sé bueno y no me asustes. Pasaban los segundos y Bella esperaba y esperaba. Menéndez empezó a graznar en falsete, muy nervioso: váyanse de aquí los tres, váyanse de aquí, no quiero broncas en el club. Y el Poco no hacía nada.

Estaba el chulo ya junto a la puerta, acarreando a Vanessa como a un fardo, cuando Bella se puso de pie, sin poderlo evitar y sin pensarlo.

—No os metáis en un lío —gritó; o creyó que gritaba, pero la voz le había salido tan débil que tuvo que repetirlo—. No os metáis en un lío. Dejad a la chica. Os juro que como os la llevéis os denuncio. Tengo muchos amigos en la policía. El inspector García es muy amigo mío. Os juro que lo vais a sentir.

Hubo un interminable instante de silencio. El matón de negro miró a su amigo con ojos vacíos y animales. Cuando se volvió de nuevo hacia Bella tenía en la mano una navaja abierta.

—A que te rajo... —dijo suavemente.

Piernas de lana, muslos de gelatina, sudor frío. Con el rabillo del ojo, Bella advirtió la presencia mortalmente quieta del Poco. Ahora no se podía echar atrás, ahora cualquier vacilación sería peor. Volvió a hablar, dirigiéndose exclusivamente al hombre alto, por encima del retaco y su navaja.

—No compliquéis más las cosas. Tú sabes lo que os puede caer por esto. No merece la pena, por esa chica. Ya le habéis dado un buen susto, dejadla en paz y marcharos y aquí no ha pasado nada.

El tipo de la puerta titubeó: de nuevo se advertía claramente en él la borrachera. Arrojó a Vanessa al suelo: la chica cayó como un pelele sobre los escalones de la entrada.

—Déjalo, Maco. Por esta vez les perdonamos.

—A que te rajo... —repitió el otro, estúpidamente.

—Déjalo, te digo. Nos abrimos. ¿No me oyes? ¡Venga, vamos!

El enlutado se guardó el hierro con renuencia y se dirigió a la puerta contoneándose. Se detuvieron un momento en el quicio, chulapones.

—Y vosotras dos, acordaros bien de nuestras caras, porque vais a verlas muchas más veces... —amenazó burlonamente el alto.

—Acordaros, acordaros —coreó el otro, dándose cachetes en su propia mejilla como un memo.

Y desaparecieron en la noche. Bella fue la primera en reaccionar: se lanzó hacia la puerta para atrancarla, y cuando fue a correr el cerrojo se dio cuenta de que en su mano derecha tenía una botella, cogida defensivamente quien sabe en qué momento. Dios mío, qué estupidez, arriesgarse así por esa necia. Parecía como si todo el miedo se le hubiese bajado de golpe a las rodillas: le tiritaban tanto que apenas podía sostenerse.

—Ahora van a tomarle rabia al Desiré, ahora van a volver, ya lo verás —gemía Menéndez, aterrado.

Vanessa se había desplomado en el sofá, enrojecida, balbuciente:

—Oh, oh, mira cómo me ha dejado el traje ese bruto, oh, mi traje nuevo tan bonito...

—Eres una idiota —gruñó Bella—. Tú has tenido toda la culpa. La próxima vez te las arreglas sola.

El Poco escupió sobre la moqueta y luego aplastó el lapo con la punta del pie como quien entierra algo en la arena de una playa; estaba liando un cigarrillo y el papel temblaba entre sus dedos. En realidad, el Poco había hecho bien, pensó Bella. Debería haber dejado que Vanessa se las compusiera sola, que aprendiera la lección, que espabilara. Se chupó la mella y sintió un escalofrío: sus rodillas trepidaban todavía.

—Cobarde, cobarde... —lloriqueaba ahora Vanessa, para sí.

Bella se echó a reír con carcajadas secas como toses. Rió y rió hasta que las tripas le dolieron. Rió sin saber por qué, sin gana alguna.

# 22

El sol estaba ya muy bajo y era precisamente en el atardecer cuando Antonio se sentía más seguro. Al atardecer encendía el flexo de la mesa mientras el mundo se apagaba tras las ventanas, y su universo doméstico, engrandecido por la luz eléctrica, se convertía en la única realidad existente, una realidad perfecta, sin huella de desorden, que le defendía de los horrores del exterior y del azar.

Antonio vivía en un apartamento moderno, de un solo ambiente: cocina, sala y dormitorio en una única y espaciosa habitación, y el añadido lateral de un cuarto de baño diminuto. A él le gustaba así: con una sola ojeada podía controlar la totalidad de sus dominios. Le ponían nervioso los enigmas que se ocultaban tras las puertas cerradas, por eso siempre dejaba el retrete abierto y la luz dada. Pocos muebles, todos útiles. La mesa de trabajo, limpísima, ofreciendo una simetría de bolígrafos, plumas, folios y carpetas. Un sillón de oreja provisto de flexo y de mesilla, el rincón más confortable de la casa. Una librería sin libros que albergaba un tiesto de albahaca, una colección de esencieros antiguos y un archivador de cuero en el desierto de sus baldas. Una cama castísima de estrechas dimensiones de doncella. El arcón de las fragancias, sin tapa, mostrando sus tripas de cristal, sus pomos y botellas. Y en las paredes, como único adorno, cinco calendarios del año en curso abiertos por la fecha, cuatro relojes murales puestos en hora y el organigrama de sus amores sujeto con chinchetas sobre el armario empotrado. Antonio llevaba diez años viviendo en el piso y en todo ese tiempo la casa no había sido pisada por ningún extraño. Nadie conocía su dirección, a excepción de su hermana, pero ni siquiera ella había atravesado el umbral: cuando le necesitaba le llamaba por teléfono o le dejaba una nota en el buzón. El apartamento era un refugio inexpugnable.

Atardecía, el cielo estaba púrpura y la ciudad era una mancha amenazadora y gris cobalto. Antonio contempló la librería vacía, la cama cartujana, las paredes invadidas por las sombras. Sintió un pinchazo en el bajo vientre, un dolorcillo agudo que reconoció al instante: la próstata, la próstata maldita. Se sobó las carnes de debajo del ombligo como para borrar el recuerdo del dolor, aunque ahora ya no sentía molestias: la próstata era así, de punzada breve y retirada rápida.

Atardecía y en la calle gimió la sirena de una urgencia. Antonio se estremeció y se apresuró a encender la luz eléctrica. El flexo proporcionaba una campana de luz acogedora, tan nítida que dentro de ella no cabían los equívocos. Un alivio. Cogió el archivador de cuero y se instaló en el sillón, en el centro de la protectora burbuja luminosa. Comenzó a sacar fichas al azar, por hacer algo. «Gracia García de Sach. 44419668. Rotonda de Fresno, 4. Del 14 al 19 de enero de 1978. Nombre utilizado: Juan Olarra. Dulce como el bálsamo de Perú: demasiado dulce.» Gracia fue una de las primeras. La recordaba menuda, rolliza, algo cursi, la sonrisa blanda y confitada. «Gracia abre sus ojos azules y redondos, me acaricia una mano en silencio durante horas», ponía en la ficha. Qué distinta a Carmen Lezma, aquella mujer fea pero eléctrica, la barbilla puntiaguda y una boca apretada, de viciosa. O de aquella otra Carmen, la Romá, con su opulencia de matrona, «hunde mi cara entre sus pechos y me envuelve de ella, olor a mirra». Mujeres altas, mujeres bajas. Púdicas o coquetas, indecisas o enérgicas, todas muy distintas y sin embargo todas en apariencia desdichadas. Decenas de historias de amor perfectas. Decenas de fichas almacenadas, para apoyo de su memoria, en ese archivador antiguo que heredó del lúgubre despacho de su padre. Una colección soberbia, capaz de justificar la vida de cualquier hombre. Pero él quería más, quería mucho más. Cerró el archivador con un suspiro de aburrimiento. Si él no tuviera su don, si careciera de su olfato, no se diferenciaría de los demás, de todos esos miserables que existían sin saber por qué, como animales. Si a él no le sostuviera su ambición, su lucha por conseguir un olor nuevo y perfecto, entonces no sería nadie. Sin esta pasión su vida se apagaría. Le sucedería lo que a Benigno, que por las noches no sería capaz de encontrar algo en qué pensar, antes de dormirse. Los instantes previos al sueño son cruciales: es necesario tender un puente de proyectos por encima de esa pequeña muerte que es dormir. Un puente que te permita pasar al día siguiente, un puente que te demuestre que estás vivo. Pero sin pasión no hay norte, no hay futuro, no hay destino. Sin pasión es la mediocridad y el caos.

La próstata gruñó de nuevo en su barriga: era un achaque de viejo, desde luego. Ni siquiera se trataba de una enfermedad propiamente dicha, sino de un deterioro irreversible. Una especie de pereza en las entrañas. Suspiró de nuevo: tenía 49 años y dentro de poco sería un sesentón, y después un anciano marchito y acabado. Era algo obvio y, sin embargo, jamás lo había visto tan de cerca, jamás lo había pensado tan fríamente. La idea le asaltó por primera vez en aquel fin de semana atroz que había pasado con Vanessa. Nunca había estado tan próximo al desastre, pero, para su sorpresa, la chica parecía haber quedado satisfecha. Antonio no lo entendía. No entendía por qué Vanessa le esperaba en el Desiré, por qué se acercaba a él sumisa y zalamera. Su lucimiento como amante había sido modesto, y, por otra parte, la muchacha no estaba impresionada por su personalidad o por su arte. Esto era lo más desazonante, que despreciara su olfato. Porque su olfato era el cogollo de su vida, era su riqueza, su sustancia, lo mejor de él. Y Vanessa parecía ignorar esta faceta y aun así, incomprensiblemente, amarle. Le esperaba en el club, le sonreía con mirada húmeda, boca húmeda, con toda una promesa de diversas y secretas humedades. Y él, Antonio, hacía ojos, y piel, y oídos sordos; huía de ella, temeroso de decepcionarla y de desencantarla, puesto que no sabía de qué estaba encantada la muchacha. Había sido un loco, un insensato. Se había arriesgado demasiado. Qué torpeza: sin duda se estaba haciendo viejo.

Se levantó del sillón, irritado consigo mismo. Atravesó la habitación varias veces, de pared a pared, durante un rato. Solía darse estas caminatas interiores para desfogar los nervios. Siempre por la misma vereda imaginaria, y contando los pasos del trayecto, hasta contabilizar unos cuantos cientos de zancadas. Un día acumuló 1.400 pasos. Era su récord.

Pero hoy se cansó pronto: estaba demasiado nervioso incluso para eso. Se acercó al arcón de las fragancias, repentinamente necesitado de trabajo. Preparó los útiles, la fina varilla de cristal y los dos recipientes, con agua y con alcohol, para limpiarla. Como estaba de un humor cerrado y taciturno decidió construir un perfume denso, crispado en el esplendor de sus olores. Hundió la varilla en un pomo de hesperidio: ésa sería la base del triángulo esencial. Antonio carraspeó: tenía la boca seca. Siempre se emocionaba con la inmensidad de esta aventura. Los aromas básicos eran muchos y sus combinaciones infinitas: una sola nota equivocada le haría fracasar de nuevo en su búsqueda. El mundo de las fragancias era implacable, exacto, matemático. Los perfumes se hacían y deshacían en estructuras de triángulos equiláteros perfectos: una nota aromática poco volátil en la base, fragancias medias formando los lados, y, en la cúspide, la nota de salida, la esencia, la armonía. Triángulos simples o compuestos. Triángulos sobre triángulos hasta construir el aroma de la eternidad. Porque en el corazón geométrico de los perfumes no cabía el desorden: era como atisbar la perfección inmutable de lo creado. Aterrador, pero también reconfortante.

De modo que, para la base, hesperidio. Tras un instante de duda decidió utilizar fragancias cálidas, amaderadas y un poco animales para los laterales. Hundió la varilla en ciste, en almizcle, en ciprés y pachulí, tejiendo en el aire una trenza de triángulos. Transpiraba de pura excitación. Quién sabe, quizá hoy, quizá ahora, puede que éste fuera el instante de triunfo, puede que atinara al fin con el olor definitivo. Le temblaban las manos cuando coronó el conjunto añadiendo las notas de salida: una armonía refinada, una sofisticación floral, jazmín, rosa, jacintos. Ya está. Olisqueó la varilla con ansiedad. Era un aroma tibio y áspero, demasiado brutal. Un aroma conocido, oh, sí, se parecía al Opium de Saint-Laurent, un perfume clásico que ni siquiera formaba parte de los preferidos de Antonio. Y su mezcla era mucho peor, con un trasfondo apelmazado. Mojó la varilla en alcohol, deshaciendo el triángulo aromático, matando su obra. Qué desesperación. No lo conseguiría nunca, no le quedaba tiempo suficiente. A veces, en estos momentos de derrota, llegaba a dudar incluso de su vocación. Llegaba a pensar que su nariz no tenía la importancia que le daba, que su pasión era un truco, una excusa, una manera de engañarse.

El mundo exterior se había derretido en la

noche, que era muy negra ya y que se pegaba al cristal de la ventana. Si se pusiera enfermo, si le pasara algo, la gente tardaría en enterarse. Benigno llamaría a su hermana al ver que no acudía a la oficina, pero esperaría varios días, el muy bestia. Y al principio Antonia no se atrevería a entrar en casa. Una semana. Por lo menos tardarían una semana en descubrirle. Le encontrarían hediendo, descompuesto.

Las luces parpadearon, como si fueran a apagarse. Antonio sintió un golpe de terror. Calma, se dijo, calma, calma. El flexo se estabilizó de nuevo. Se levantó y corrió hacia el cuarto de baño: lo hacía algunas veces, se acercaba y miraba a ver si ahí dentro todo seguía igual, si no había nadie agazapado tras la puerta. Se apoyó en el quicio con alivio: el pequeño cuarto estaba en orden. La vieja moqueta impermeable, los conocidos azulejos, el grifo del baño goteando. Como siempre. Había intentado arreglar ese grifo roto muchas veces, pero los fontaneros no venían y él no encontró modo de ajustarlo. El agua se seguía escapando blandamente, un chop chop chop suave y en apariencia inocuo y que, sin embargo, había dejado una marca amarillenta en la bañera, una llaga de herrumbre en el esmalte. Con el tiempo, la porcelana sería triturada por ese lamido corrosivo. Chop chop chop chop, amenazaba el grifo, y Antonio pensó que el goteo era la representación del caos, de la decrepitud inexorable, del espanto. El desorden triunfando sobre la voluntad individual. La victoria final de la entropía. Como cuando él construía una combinación de fragancias exquisita, sin posibilidad de error, y que, sin embargo, le fallaba: tras la nota saliente asomaba un olor residual mezquino, un desecho aromático, una contradicción de las esencias que arruinaba la obra maestra, que asesinaba lo creado. Los ojos se le llenaron de lágrimas: se sentía a punto de claudicar, al borde del abismo. Si daba un paso atrás, él lo sabía, el caos le acabaría

devorando, del mismo modo que la bañera iba ulce-
rándose bajo los besos del agua.

Volvió a la sala dando tumbos. Los relojes ticta-
queaban en el silencio. Agazapados en la pared, mo-
viendo indiferentemente sus manillas, peligrosos. El
sillón, el flexo, la luz del flexo, la mesa de trabajo, la
librería. Todo estaba igual pero parecía diferente.
Todo le era extraño. O quizá el único extraño en el
mundo fuera él. La realidad temblaba y se resque-
brajaba, a punto de romperse de nuevo en mil pedazos. Antonio se sintió asustado y solo. Rebuscó febrilmente en el cajón de su mesa, sacó un papel con
un número anotado, cogió el teléfono.

—¿Oiga?... Sí, quisiera hablar con Vanessa, por
favor... ¿Vanessa? Soy Antonio... Bien, sí... Escucha... Sí, sí... Pero espera, escucha un momento, es
muy importante... Que quiero casarme contigo...
Como lo oyes... Sí, claro que lo digo en serio... Que sí,
que quiero casarme contigo... Sí... Sí... Me alegro...
¿Estás segura?... Me alegro... Sí... Como quieras...
Cuando quieras, cuanto antes, el mes que viene, por
ejemplo... Claro que da tiempo... Qué tontería, ni
banquete ni familia ni nada de eso... Que no... Ya
hablaremos... No, hoy no... Mañana, en el Desiré...
Que no, que no puedo, sólo quería decírtelo cuanto
antes... Mañana... Muy bien... Sí... Yo también soy
muy feliz... Adiós, Vanessa... Otro para ti... Adiós...
Que te digo que ya hablaremos de eso... Que sí,
mujer... Adiós... Sí... Adiós... Díselo a quien quieras...
Adiós, adiós... Sí, claro que te quiero, no seas absurda... Un beso... Adiós.

Colgó el auricular y se aflojó el nudo de la corbata, porque se sentía asfixiado. Alrededor de él la realidad se aposentaba de nuevo y la casa iba perdien-
do su extrañeza. No era bueno estar tan solo, porque
a veces se desbocaban los fantasmas. Había hecho lo
mejor que podía hacer, quizá lo único. Vanessa apenas tenía los dieciocho años, era lo suficientemente

niña como para poder conformarla a la medida de sus deseos: sería dócil y cariñosa. Además, al convertirla en su mujer, Antonio volvía a sentirse seguro frente a ella: le ofrecía su apellido, su posición, la dignidad matrimonial, mucho más de lo que nunca pudo aspirar la chica, que iba por un evidente mal camino. Vanessa tendría que mostrarse agradecida, la cosa estaba clara. Frunció el ceño, repentinamente preocupado. Quizá estuviera demasiado clara. La muchacha era de una notoria vulgaridad, una cabeza loca. Temió haberse precipitado, temió haber cometido un error imperdonable, y las sienes se le cubrieron de sudor, y le pinchó la próstata. Pero no, no podía ser, qué tontería. Vanessa era una perla en bruto, un buen trofeo. Joven y espléndida de cuerpo. Todos andaban locos por Vanessa, todos la deseaban. Pero Vanessa era suya y solo suya, y ya se encargaría él de enderezarla. Sonrió con orgullo: se sentía fuerte, amado y amante, generoso. Iba a hacer feliz a la chica, se dijo, muy feliz, Vanessa caramelo de piel suave.

# 23

Cuando Damián se corría, solía agarrarse con una mano a los barrotes metálicos del antiguo cabezal. Antes le acometía una especie de tiritera de electrocutado. Luego se agarraba al barrote de latón de la cama y gemía roncamente, como si sufriese mucho. Pero no sufría, Antonia lo sabía bien. El día anterior, sin ir más lejos, Damián se lo había explicado.

—Ay, Antonia, cuando me voy me deshago, cuando me corro me pierdo, es como si me chuparas todo, me das miedo.

A Antonia le asombraba esa capacidad suya de provocar unos vértigos semejantes en el chico. Ella se limitaba a permanecer muy quieta y patiabierta, sumida en el arrobo de tenerle entre sus brazos. Antonia, en la cama, era tranquila y profunda, se entregaba entera, toda ella. Damián, en cambio, batallaba contra su propio sexo como si se tratase de un enemigo peligroso, y cuando éste ganaba, el derrotado Damián se agarraba a los barrotes de la cama, para no diluirse en Antonia, para no caerse dentro de ella.

—Me deshago, me pierdo, es como si me chuparas todo, me das miedo.

Ésas fueron sus palabras, mismamente. Antonia las repasaba una y otra vez en la memoria, intentando extraer de ellas algún alivio a su inquietud.

—Damián, mi vida, ¿qué te pasa?

Habían salido a pasear porque a Damián se le

había quedado chica la casa. Anochecía, el aire de agosto estaba quieto y la contaminación atmosférica ponía un olor a incendio en el ambiente. Caminaron durante largo rato sobre el asfalto aún caliente y blando, juntos y sin tocarse, juntos pero en silencio. Rehuyeron tácitamente las calles más pobladas; bordearon el Barrio Chino, que comenzaba a despertar para la noche; avivaron la marcha al pasar el Desiré, cuyos neones parpadeaban desde la acera de enfrente. Al fin se internaron en el pequeño parque de detrás de la iglesia, casi vacío a esas horas. Se sentaron en una loma reseca, discretamente resguardada por arbustos. Antonia se atrevió entonces a acariciarle el cogote, punzante en su drástico corte de pelo militar.

—Damián, mi vida, ¿qué te pasa?

El chico arrancaba los ralos hierbajos de la loma con la misma furia reconcentrada con que tiraría de las barbas de un enemigo. Antonia suspiró, resignada al silencio, y se estiró las faldas sobre las rodillas con pulcritud: no estaba acostumbrada a sentarse sobre el suelo y se sentía incómoda.

—Estoy harto —dijo Damián.

—¿De qué?

El chico se encogió de hombros.

—No sé. De todo.

Arrancó un nuevo puñado de hierbas indefensas. Antonia calló: el miedo siempre la paralizaba.

—Me gustaría... Me gustaría irme, Antonia. Irme muy lejos.

—¿Irte? ¿A dónde? —preguntó ella, desfallecida.

—No sé. Muy lejos. Me gustaría... Mira, me gustaría ir al aeropuerto y coger el primer avión que salga. El que sea. Vaya a donde vaya. Coger el primer avión y terminar muy lejos, en Japón, o en Persia, o en China, o en alguna isla tropical como Hawai o la Patagonia o donde sea. Eso me gustaría. Pero no puedo hacerlo.

Lo decía mohíno y rabioso, como si la estuviera insultando. De hecho Antonia se sentía algo así como insultada. Damián masticó el tallo de una hierba, lo hizo trizas, lo escupió.

—Estoy harto.

Los hombres eran otra cosa, claro, más valientes. Qué ocurrencia, qué coraje: subirse a un avión y aparecer en la esquina opuesta del mundo, Dios sabe en qué tierra de infieles y salvajes. Ella no sería nunca capaz de hacer una cosa semejante. Ella no sería nunca capaz de abandonarle. Lo que pasa es que Damián ya no me quiere, se dijo. Le entraron ganas de llorar y se contuvo.

—¿Estás... Estás también harto de mí?

Damián no dijo que no. Tampoco asintió. Permaneció con la cabeza gacha durante siglos, indescifrable, inmóvil. Sin acariciarla, sin sonreírle, sin disuadirle de sus temores, sin burlarse de lo extravagante de su idea.

—Estás harto de mí —repitió Antonia fatalmente.

¿Cómo podría arreglárselas para sobrevivir sin él? El futuro era una inmensidad incolora, insoportable. Apenas llevaba tres meses con Damián, pero su vida previa, antes del chico, le parecía lejanísima. Como una pesadilla. Como el recuerdo de una enfermedad. Días sin color, noches sin sueños, un vértigo de años iguales y vacíos que se mezclaban sin distinción en la memoria. Si Damián la dejaba ya no tendría en qué pensar. Si Damián la dejaba prefería morirse.

—Te quiero mucho, Antonia —dijo el chico bruscamente.

La estaba mirando y tenía los ojos llenos de lágrimas. Antonia pensó que en realidad quien debería estar llorando era ella.

—Te quiero mucho, te quiero mucho... No quiero hacerte ningún daño, Antonia, no quiero, no quiero... Pero no puedo...

Y se echó a sollozar abiertamente. Si Damián se va, ¿quién me va a rascar la espalda por las noches? Había aprendido tantas cosas Antonia, en estos meses. Le cogió por los hombros y recostó la cabeza del chico en su abundante pecho maternal.

—Mi niño, niño mío, no llores, criatura, que yo te cuidaré...

—No puedo, no puedo, no sé qué quiero, no sé nada, pero no puedo, ¿me comprendes?

—Sí, mi niño, cálmate.

Antonia le mecía y no comprendía nada.

—Estoy muy mal. Estoy muy mal, Antonia, no sé qué pasa, soy muy desgraciado. No puedo seguir contigo. Me ahogo. Te quiero, te quiero y me ahogo, no sé qué pasa...

Antonia le mecía y miraba al infinito. Es como el niño que se ha caído en el campo y que al principio llora pero luego se le pasa, se decía. Es como el niño que se ha asustado de la noche y luego se le pasa. Antonia le mecía y no escuchaba.

—Antonia, por Dios, déjame que me vaya, déjame... Me quiero morir... Soy muy desgraciado... Tenemos que dejarlo, ¿entiendes?

—¿Tenemos que dejarlo?

Damián se separó, sorbiéndose los mocos. Ahora, se dijo Antonia, seré además como una zorra, una zorra que se acuesta durante tres meses con cualquiera. A Antonia le parecía mucho más emputecedor el hecho de tener una aventura carnal en el pasado que el de vivir una relación sexual en el presente. El gran amor de la vida de una mujer era pecado provisto de indulgencias, con tal de que fuera grande y con tal de que fuera uno, sobre todo. Cuando Antonia se acostó con Damián lo hizo convencida de que ese amor duraría para siempre: la perdurabilidad sacramentaba la unión, convertía su desliz en algo cercano al matrimonio. Pero si la relación se rompía apenas tres meses después de sus inicios, la historia amorosa se reducía a una anecdótica lujuria y Antonia se quedaba sola ante su remordimiento y su conciencia; sola ante el ojo justiciero de Dios, inquisitivo y triangular; sola ante la sospecha de que ella era un poco puta, qué deshonra, qué pensaría padre si viviese.

—No puedo seguir contigo, no puedo seguir contigo —gimoteaba Damián—. Perdóname, perdóname, di que me perdonas... Esto que hacemos no está bien, yo no soy yo, soy muy desgraciado. No es culpa tuya, tú eres muy buena, pero yo no puedo seguir contigo, ¿entiendes? Te quiero mucho, te quiero muchísimo, no quiero que pienses mal de mí, no soporto que pienses mal de mí, dime que me entiendes...

—Sí, mi niño, tranquilo, calma...

Antonia le consolaba y no entendía. Damián se sonó estruendosamente con uno de los impecables pañuelos que le lavaba y le planchaba ella. El chico iba antes como un pobre y ahora estaba siempre limpio y bien cosido, ¿qué más podía querer, a dónde iba a marcharse?

—Te diré lo que vamos a hacer: vamos a dejar de vernos durante unas semanas, ¿eh, Antonia? Durante unas semanas, a ver qué pasa.

—Pero, ¿tú me quieres?

—Claro que sí.

—Entonces no veo ningún problema, ¿por qué tenemos que dejarlo?

—No entiendes nada —se exasperó Damián—. Ya te lo he dicho, te lo he explicado, no puedo seguir así, quiero morirme, desde que estoy contigo quiero morirme.

—Pero me quieres...

—¡Sí! Dios mío, Antonia...

Debe de estar enfermo. Eso es lo que pasa. El chico tiene anemia. O se ha agarrado unas anginas. Debe de estar muy malo.

—¡Qué haces! —esquivó Damián.

—Miraba a ver si tenías fiebre... —balbució Antonia, retirando la mano de la frente del muchacho.

—Antonia, por Dios... No podemos seguir así... Me ahogo... Yo no soy yo... No hago nada de lo que quiero hacer...

—¿Y qué quieres hacer?

Damián bajó la cabeza, abatido.

—No sé. No lo sé, pero no es esto.

Cuando me corro me pierdo, es como si me chuparas todo. Eso le había dicho Damián. Los hombres eran otra cosa, los hombres parecían pensar con la bragueta, que Dios la perdonara, ella lo sabía bien de oírselo contar a su madre, y a las más avispadas de entre sus antiguas compañeras del colegio, y a las comadres de la plaza, allá en Malgorta. Los hombres parecían pensar con la bragueta, y, en un arranque de intuición, Antonia depositó su mano gordezuela en la entrepierna del muchacho, sobre la cremallera y lo prohibido.

—¿Qué haces? ¡Déjame, Antonia, que no estoy de humor!

Pero ella pasaba y repasaba sus dedazos por la dorada culebra de mercería, Damián, mi vida, mi tesoro.

—Oh, oh.

La noche estaba tibia y el chico desfallecía por momentos. La mano de Antonia triscaba, buceaba, hurgaba, sacaba, sacudía. Damián convirtió su forcejeo en un abrazo y apretó a la mujer contra él, jadeando oh, oh en tono consternado. Rodaron sin ruido por la loma en un revuelo de piernas y de brazos, hasta que les detuvo un aligustre. Tan enfrascados estaban en sus manejos que no advirtieron que no estaban solos. A pocos metros, semiescondido por un chopo, se agazapaba el inspector García, testigo casual y boquiabierto.

El inspector García era hombre de costumbres y solía comenzar sus rondas por el parque. Atravesaba la pequeña zona ajardinada al venteo de rateros improbables o de parejas en actitud «maníaca», como él decía chistosamente para referirse a los sobones.

—Ayer pillé a dos maníacos —solía comentar García chungonamente, y ya se sabía que se trataba de una pareja de novios calentones y pazguatos.

Al inspector García, que tenía hijas quinceañeras, le parecía cumplir un deber moral cuando interrumpía los torpes estrujones de los adolescentes, los restregones y besuqueos a que se entregaban los jóvenes al amparo de la oscuridad del parque. Pero además le divertía la tarea, disfrutaba cuando atrapaba a un chaval en plena faena, cuando le cogía sobando la dura tetita de su novia-niña. A veces se quedaba escondido durante un rato, observándoles, e incluso calificaba mentalmente al muchacho de turno en cuanto a dotes de convicción y capacidad maníaca. Pero después se acordaba de sus hijas adolescentes y entonces descargaba en ellos el peso de la Ley. Aparecía sobre sus cabezas pecadoras como un emisario del Juicio Final, les fulminaba con su escándalo y su desprecio, zarandeaba a los mocitos, hacía llorar a las chiquillas y, tras la conveniente admonición y la advertencia de que, de reincidir, acabarían con sus huesos en la cárcel, les dejaba ir, atribulados y temblorosos.

Pero en esta ocasión la situación era distinta, la transgresión era tremenda. No se trataba de un par de mocosos, sino de gente adulta, y la cosa iba mucho más allá de un toqueteo: rodaban sobre la hierba entre gemidos, las ropas se alzaban, las cremalleras se descorrían, los botones se desabrochaban, las zonas pudendas emergían a la superficie sin pudor. El pálido brillo de la farola se reflejaba en un seno tembloroso y colosal, en las carnes medio desnudas de una mujer tremenda, qué abundancia de muslos, de vientre, de repliegues. El inspector García sufría una especial debilidad por las hembras

opulentas y estas lorzas obscenas, trémulas y afaro-
ladas, le eran verdaderamente irresistibles. Qué
mareo, qué sudor, qué calentura. La noche era un
sofoco de humedad, la pareja pecaba ruidosamente
ante sus ojos y García empezaba a sentirse muy maníaco. Ñac, ñac, gruñía el joven chopo, soportando los
restregones de García; oh, oh, exclamaba el infrac-
tor, clavado en la blanca inmensidad de su objetivo.
Y al inspector se le concentraba el hambre en las
ingles, y le pesaban los bajos, y le hormigueaban los
dedos, y pasaba ya a la acción directa, al bombeo de
sus humores interiores, manoseo, manipulación y
desenfreno, maníaco total sin duda alguna.

García regó el chopo y se ensució los pantalones.
Peor era la suciedad de su conciencia, una blanca
vergüenza pegajosa. No había sido un papel muy ai-
roso el suyo, cascársela así detrás de un árbol. Eran
unos provocadores, esos tipos. Un peligro público,
realmente. García se limpió con un puñado de hojas,
a falta de pañuelo. Ahí, en mitad de la calle, los muy
guarros. Afortunadamente era él quien les había pillado, pero podía haberles visto cualquier otra persona
menos preparada. Un escándalo. Atisbó a los transgre-
sores: permanecían abrazados, ahora muy quietos, las
ropas aún deshechas, el rostro de ella, único visible,
ojiabierto e inmóvil hacia el cielo. Había que actuar
con decisión. El inspector García salió de detrás del
árbol revestido de toda su dignidad.

—¿No os da vergüenza, marranos? —atronó—.
Policía. Quedáis detenidos por escándalo público.

Los delincuentes le miraron con expresión atónita, paralizados. Ni siquiera intentaron defenderse.
La mujer se arrebujó en sus ropas, las carnes blancas, blandas, las carnes abundantes aún al aire. La
indignación de García crecía por momentos. Les
puso de pie a empellones.

—Se os va a caer el pelo, puta, guarros —bramó,
fuera de sí—. Se os va a caer el pelo, zorra. Andando.

Transcripción de las declaraciones hechas por
Benigno Martí a Paco Mancebo, reportero de la
revista *El Criminal*

Pregunte usted, joven, pregunte usted todo lo
que quiera. No tengo ninguna prisa y estoy aquí
para servirle. Aunque no sé si serviré de mucho, porque me temo que sé muy poco del asunto. Pero pregunte usted, joven, no sea tímido. Qué profesión tan
bonita, la suya. Periodista. Enterarse de todo, y conocer a muchísima gente, y vivir aventuras apasio-
nantes. ¿Y dice usted que va a poner mi nombre en
el reportaje? Martí Garriga. Benigno Martí Garriga,
así me llamo. Por favor, ponga también el segundo
apellido. En recuerdo de mi pobre madre, le hubiera
gustado tanto verme en los periódicos... Aunque,
claro, se trata de una ocasión luctuosa, pero de todas
maneras... Sí, usted ya sabe que soy funcionario de
la administración pública y que he trabajado durante años a las órdenes de la víctima, a quien Dios
guarde. No, no conozco a la homicida, y por tanto
ignoro las causas de su comportamiento criminal.
Verdaderamente yo de lo que puedo hablar, en mi
modestia, es de mi relación con don Antonio, larga
y, si se me permite decir, también estrecha, porque
debo decirle, joven, que yo era su más íntimo cola-
borador. Un hombre cabal, eso se lo puedo asegurar;
don Antonio siempre me pareció un hombre cabal,
todo un señor. Durante el juicio he podido escuchar,
con gran pena, los más arbitrarios comentarios
sobre el pobre don Antonio, comentarios que me

siento en la obligación de rebatir, puesto que él mismo no puede hacerlo. Ora han insinuado que don Antonio no mantenía un comportamiento digno, ora que tuvo que ver con desgraciados accidentes de los que, estoy seguro, fue completamente ajeno. Créame, joven, todo esto no son más que infamias, puras infamias. Don Antonio siempre me pareció un caballero, un hombre recto y honorable, incapaz de nada turbio. Un hombre como debe ser, de orden, a la antigua, y no como ahora, que, en fin, uno ya nunca puede estar seguro de con quien está hablando, dicho sea sin señalar. Se notaba que era de buena familia, lo mismo que su señora hermana, a quien tuve el placer de conocer en una ocasión en la que, casualmente, hube de dirigirme al domicilio de ésta en busca de mi jefe, por mor de una urgencia laboral. Mor, mor, he dicho por mor de... O sea, como quien dice «a causa de»... Sí, es una palabra que ahora está en desuso... Ya no sé por donde iba, esta cabeza... Ah, sí, exacto, decía que conocí a su hermana... Ay, Señor, Señor... No lo puedo evitar, joven, cuando hablo de todo esto me emociono como un tonto... Es que desde que don Antonio falta mi vida no es ni asomo de lo que era. Tengo 63 años, soy soltero y solo. Desde hace mucho tiempo, tanto que ya he perdido la memoria de lo que hubo antes, mi vida se ha centrado en mi relación con don Antonio y en la redacción de mi ópera magna, una novela épica titulada *De la heroica resistencia de los ampurdaneses contra las tropas invasoras del corso Bonaparte*. Porque yo desciendo de ampurdaneses, ¿sabe usted? Se me ocurre que a lo mejor usted sería tan amable de hablar de todo esto en su periódico, ¿no? Podría usted citar lo de la novela y quizá convenga que le haga un breve resumen de la obra y así... Sí, sí, claro, tiene usted razón, joven, se aparta un poco del asunto principal del reportaje, entiendo... De todas maneras, si a usted le interesa el tema yo tendría sumo gusto en explicarle el argumento de la novela aunque no vaya a incluirlo en el artículo, no tengo ninguna prisa y... Ya... Comprendo... Sí, sí... No, no se excuse usted, joven, al contrario: disculpe la verborrea de este viejo. Tenga en cuenta que hoy es la primera vez que hablo con alguien desde que esa criminal arrojó a don Antonio por la ventana, es decir, desde hace seis semanas, desde hace exactamente seis semanas y dos días. Seis semanas solo en casa, solo también en la oficina... ¿Sabe usted lo que es pasar tanto tiempo en silencio? A veces intercambio algunas palabras con el conserje. O con el carnicero, cuando voy a comprar el jamón de York en el mercado. Nada. Eso no es nada. Es el vacío, joven, es como si uno no viviera... Con la defenestración de mi jefe he perdido a las dos únicas personas que llenaban mi existencia: a don Antonio, de quien me consideraba amigo, en mi modestia, y a su señora hermana, doña Antonia, a quien no he vuelto a ver desde que tuve el placer de conocerla, pero que siempre estuvo presente en mi memoria. Porque yo... Mire, le voy a confiar un secreto, una locura. El recuerdo de doña Antonia acompañó honestamente la vigilia de muchas de mis noches, ¿me entiende? Quiero decir que... A veces, en mi desmesura, llegué a soñar que... Delirios de viejo, usted ya sabe. Pronto me jubilaré y la vida de un jubilado es un desierto. Alguien para acompañar mis tardes y mis miedos, sólo eso quería, sólo eso. Las tardes sobre todo, son tan tristes. Pero ahora doña Antonia ha desaparecido, se ha ido tras el trágico accidente, usted lo sabe. Nos podríamos haber consolado mutuamente, pero se ha ido. No me queda nada, joven, ¿sabe usted? La verdad es que hace mucho tiempo que ni siquiera escribo en la novela. No me siento con ánimo, es como si se me hubiera secado la cabeza... ¿Qué estaba yo diciendo, antes de esto? No sé por donde iba, he perdido el hilo del relato... No sé qué más puedo decirle, en realidad yo sé muy poco... No, no, oh, no, no me ha robado usted nada de tiempo, si no tengo nada que hacer, ya se lo he dicho... Pero espere, espere, por favor, no se vaya todavía, ¿le puedo invitar quizá a un cafelito? Corren tiempos duros, joven, y yo me siento solo, solo y viejo.

# 24

La escalera era empinada y tuvo que detenerse
un momento en el último peldaño a recuperar fuerzas, las piernas temblonas y el aliento entre los dientes. Una placa metálica en la que se leía «Pensión la
Sultana» señalaba la puerta que estaba buscando.
El timbre no funcionaba y tuvo que aporrear la madera repintada de marrón.

—¿Quién es? —graznó una voz de mujer.

—¿Está la señorita Vanessa?

La mirilla se descorrió con un chirrido y por el
agujero asomó un ojo cargado de pestañas postizas y
suspicacias.

—Ah, usted...

La mujer abrió la puerta. Era una bruja reseca y
jorobada por la edad, con un pringue de colorete fos-
forescente en las mejillas y una peluca rubia, atravesada en el cráneo, que dejaba ver rodales de forro
entre despeluche y despeluche.

—Su cuarto —dijo el esperpento elípticamente,
extendiendo un índice deforme hacia un punto indeterminado del largo pasillo. Hecho lo cual se arrebujó en su batín bordado de dragones y desapareció
en las entrañas de la casa.

La puerta de la habitación de Vanessa estaba cerrada, pero el montante dejaba escapar la luz eléctrica. Golpeó con los nudillos y la chica abrió inmediatamente, como si hubiera estado esperando la
llamada. Cuando le vio, su rostro se aplanó en un
gesto de hastío:

—Ah, eres tú... ¿Qué quieres?

—¿No me invitas a pasar?

La muchacha le miró, dudosa, y luego se encogió de hombros con desgana. Se dirigió al armario de luna y comenzó a cepillarse la melena.

—Pasa si quieres, Poco. Pero te advierto que ahora mismo viene a buscarme mi prometido.

El Poco entró, titubeante. Cerró la puerta y apoyó la espalda contra la hoja, como refugiándose en el linde de la habitación, sin atreverse a penetrar en ella.

—Tu... tu prometido.

—Eso es.

—Así es que te casas.

Vanessa se detuvo un instante con el cepillo suspendido en el aire y le miró de soslayo, a través del espejo: ahí estaba, feo y viejo, acurrucado en un rincón, acobardado. Un pobre diablo, un miserable. Pero esa miseria se había acabado para ella. Que se pudriera.

—Ya te lo dije, pareces tonto. Dentro de cuatro semanas.

El Poco calló. El muy borrico, se dijo Vanessa, lo mismo se creía que yo podía enamorarme de él, con esa facha... La piel enferma y escamosa, y ojos de borracho, y pellejudo. Repugnante. La chica se contempló en el espejo, satisfecha de su obra y de la de Dios: estaba guapa, con el pelo recién lavado y el traje camisero blanco. A Antonio no le gustaba que fuera vestida de un modo escandaloso. Miró el reloj: las seis y cinco. Debía apresurarse, porque Antonio había quedado en recogerla de seis a seis y media y Vanessa sabía que su novio, que era un tiquismiquis con los olores, no soportaba el de la pensión.

—Estás muy guapa.

—No me digas —contestó Vanessa con sarcasmo.

El Poco bajó la cabeza. Qué gusto, pensó ella. Qué gusto poder perderlos a todos de vista. De ahora en adelante la tendrían que tratar de usted y de señora. Sacó los zapatos blancos de debajo de la cama y se puso a limpiarlos con la punta de la sábana.

—Vanessa... ¿Vas... vas a venir a Cuba conmigo?

—¿Quién, yo? Ni hablar, muñeco. Pues eso era lo que estaba yo pensando, hombre. Irme a Cuba y por si fuera poco contigo.

—Yo te quiero mucho.

—Mira qué bien.

—Yo te trataría como a una reina, Vanessa, como a una reina.

—Oh sí, la reina de las pulgas, la emperatriz de las escobas.

—Yo... Yo sólo vivo para quererte.

La chica terminó de calzarse y alzó la mirada: el Poco estaba macilento, descompuesto. Se compadeció de él.

—Bueno, venga, Poco, déjalo ya, hombre... ¿No ves que no puede ser?... Ya se te pasará. Anda, que me tengo que ir.

Cogió el bolso y se levantó de la cama, dispuesta a marcharse. Se acercó a la puerta y entonces vio el cerrojo. El cuerpo de Poco bloqueaba la salida. Y junto a su codo, el cerrojo echado. En un relámpago de comprensión, Vanessa recordó que ella no había cerrado, y una repentina sensación de peligro la golpeó, dejándola sin aliento y con la nuca humedecida de sudor. La muchacha apretujó el bolso entre sus manos y dio un paso atrás: se sentía al borde del vacío.

—Mimira, Poco —tartamudeó—. Te diré lo que vamos a hacer, ¿eh? Yo me... me tengo que ir ahora porque si no va a venir mi... va a venir Antonio, ya sabes, ¿eh? Me tengo que ir ahora, pero, mira, un día de estos me paso por el Desiré y nos vemos, ¿eh? Nos vemos tú y yo y decidimos todo, lo de Cuba, todo ¿eh?, y lo hablamos tranquilamente los dos solos, ¿eh?...

Hablaba y hablaba sin parar, y sonreía, y coqueteaba, y desplegaba todas sus armas, las únicas armas que tenía. Pero el Poco seguía de espaldas a la puerta, lívido e impasible.

—No, no, mira, mejor, se me ha ocurrido algo mejor, mejor me paso esta noche por el Desiré, ¿eh?, esta misma noche. Ahora me voy porque me tengo que ir, tú lo entiendes, viene Antonio y... Me paso por el Desiré esta noche y te veo, los dos solitos, te veo esta noche, dentro de dos horas, nada más que dos horas, ¿eh?

Hablaba y hablaba y la habitación daba vueltas en torno a ella, irreal y vertiginosa como un mal sueño. Por la ventana entró el llanto de un niño. Vanessa sonreía bobamente, la boca seca, un zumbido de desmayo en los oídos. Extendió la mano con cuidado e intentó desplazar suavemente el cuerpo del hombre y despejar la puerta. El Poco la sujetó por el antebrazo, y apretó tanto que le hizo daño. Pero Vanessa ni siquiera se dio cuenta de su garra: temblaba observando la expresión del hombre, su mirada muerta, su boca rígida y oscura, manchada de una reseca espuma de saliva por los bordes: una boca demasiado próxima que le repugnó.

Así, temiendo ser besada, recibió el primer golpe. No cayó al suelo porque el Poco la sujetaba firmemente, pero las piernas le fallaron y la cabeza se le llenó de una penumbra roja. Chilló empavorecida sin darse siquiera cuenta de que chillaba: su grito sonaba allá al fondo del mundo, como el eco del gemido de un extraño. No había enderezado aún el cuello cuando el segundo bofetón le reventó el oído. Fue como un estallido dentro del cráneo, y, con ello, una repentina comprensión del horror, de que era a ella a quien estaban pegando. Un reflejo de autodefensa la arrojó hacia el hombre: se atenazó a su cintura, en un intento de esquivar los golpes. El Poco, cogido de improviso, perdió el equilibrio y cayó de rodillas envuelto en ella. Pero de entre los dos él era el dueño de la fuerza: la agarró del pelo y tironeó hasta soltarla de su abrazo, y entonces, él ya de pie de nuevo, ella de hinojos colgando dolorosamente del cabello, entonces la golpeó hasta perder conciencia de la mano, yo te hubiera hecho muy feliz, yo te quiero como no te ha querido nadie, y ella se agitaba y salpicaba sangre, sangre de la comisura de la boca, sangre de la ceja, sangre en un rojo hilillo sobre el lóbulo, y comenzaron a aporrear la puerta desde fuera, abran, abran, y Vanessa se arrastraba por el suelo intentando guarecerse tras la cama, y el Poco la atrapaba, la sacaba tirando de los pies, la pateaba, yo te hubiera hecho muy feliz, que me mata, que me mata, y el lavabo se derrumbó con estruendo de vieja loza rota y el Poco se cortó ligeramente un brazo pero siguió pegando, Vanessa hecha un ovillo, irreconocible ya, entre los fragmentos del lavabo al que había querido sujetarse, la puerta retumbando como el corazón del Poco, abran, abran, he avisado a la policía, abran, el traje camisero blanco rojizo mugriento, Vanessa sin sentido y el Poco aún golpeando, aún pisoteando, hasta darse cuenta, minutos después, de que la chica ya no se movía.

# 25

Bella llegó al Desiré un poco tarde, como casi siempre, y, sin embargo, encontró el local cerrado. Era la primera vez que le sucedía esto, y lo excepcional del hecho la intranquilizó. La verdad es que tenía un vago presentimiento de desgracia, la sensación de que estaba sucediendo algo malo, aunque no alcanzaba a imaginar el qué. El día anterior el Poco había desaparecido a media tarde y por lo visto aún no había regresado: una extraña ausencia, si se tenía en cuenta que el ex legionario permanecía siempre en el Desiré como un caracol dentro de su concha. Bella volvió a aporrear la puerta, más a modo de protesta que por la esperanza de que le abrieran, y después encendió un cigarrillo y se apoyó en el quicio, sudando a mares, aburrida, a la espera de que llegara alguien.

Estaba dando las últimas caladas a la colilla cuando vio venir, calle abajo, a dos hombres que le llamaron la atención. En realidad no tenían un físico peculiar: eran morenos y cuarentones, y no había nada en sus rasgos o envergadura que se saliera de la media. Pese a los tardíos calores septembrinos ambos vestían unos estrictos y sofocantes trajes oscuros, con camisa blanca y rígidas corbatas. No se parecían en nada el uno al otro, y, sin embargo, había una extraña similitud entre los dos, hasta el punto de parecer gemelos pese a sus diferencias. Eran como los integrantes de un cortejo fúnebre, iguales en su rictus de duelo y en sus lutos, o como vendedores de una marca de electrodomésticos, dispuestos a recitar al unísono las excelencias del producto. Bella les siguió con la mirada con la tibia curiosidad de quien no tiene cosa mejor que hacer, y hasta que no les tuvo encima no se dio cuenta de que se dirigían hacia ella.

—Buenas tardes, señora —dijo cortésmente uno de ellos tras echar una ojeada al apagado letrero del club—. ¿Conoce usted a Vicente Menéndez Rato?

—Pues sí —se sorprendió ella—. Es el dueño de esto. Precisamente le estoy esperando. ¿Qué desean de él?

Los gemelos distintos se intercambiaron una mirada idéntica, de rápida y comprensiva complicidad.

—Mire, señora... —habló de nuevo el hombre, amable y circunspecto—. No espere usted más. Somos policías. Ha sucedido algo muy desagradable. ¿Es usted familia?

—No, soy empleada suya, trabajo aquí... ¿Qué pasa?

—Que Vicente Menéndez ha muerto —terció el otro solemnemente, más funeral que nunca.

—¿Muerto?

—Sí, señora. Destrozado —puntualizó eficientemente el tipo—. Se tiró o se cayó al metro anoche, no se sabe. El convoy le aplastó la cabeza y le amputó un brazo y una...

—Bueno, Tomás, déjalo, no des tanto detalle... —intervino el compañero en un murmullo.

Bella les escuchaba boquiabierta y atónita, más estremecida por la cercanía del horror que por el horror mismo sufrido por Menéndez, a quien no estimaba en absoluto. Pobre hombre, se dijo en un espasmo culpable; pobre hombre, pese a todo...

—Afortunadamente el tipo llevaba carnet de identidad, aunque caducado desde hace un montón de años. Pero se pudo comprobar que era él por las huellas digitales, porque lo que es la cara, oiga...

El otro le dio un codazo disimulado y el hombre prosiguió:

—Mire, la autopsia señala grandes cantidades de alcohol en la sangre. Debía estar muy borracho. Seguramente no se dio cuenta de nada.

—¿Menéndez borracho? No bebía jamás —se asombró ella.

—Pues estaba como una cuba, oiga —insistió el policía, sacando un pequeño cuaderno del bolsillo—. ¿Cuándo fue la última vez que usted le vio?

—¿Yo? No sé, anoche, a las dos y media de la madrugada, cuando cerramos.

—¿A las dos y media? —exclamaron los hombres al unísono, como en un dúo, mirándose entre sí con extrañeza.

—No puede ser —afirmó uno, categórico.

—A ver, enséñeme usted su documentación —dijo el otro, repentinamente suspicaz.

Fue ése el momento que escogió Menéndez para aparecer por la esquina de la calle. Entero, caminando por su propio pie. Tan amarillo y deslucido como siempre, pero indubitablemente vivo.

—¡Menéndez! —chilló Bella—. ¡Estos señores dicen que estás muerto!

—¿Qué?

La alelada expresión de Menéndez se correspondía con la de los dos hombres. Pero los agentes reaccionaron antes, quizá por prurito profesional.

—¿Quién es usted? —preguntó imperativamente uno de ellos.

—¿Y ustedes? —se mosqueó Menéndez.

—Policía. ¿Quién es usted? —repitió el hombre con empaque.

—Vicente Menéndez, señor agente.

—A ver, documentación.

Menéndez se apresuró a facilitársela, solícito y temblón.

—Pero claro, usted no es Menéndez Rato, usted es Menéndez Gómez... El muerto es Vicente Menéndez Rato, señora —concluyó el policía volviéndose hacia Bella con cierta irritación.

—¿Muerto? —musitó Menéndez empalideciendo dos tonos de amarillo. Se apoyó con una mano en la pared, como si fuera a desmayarse.

—Sí, señor. Le pasó el metro por encima, anoche. ¿Conocía usted al susodicho?

Menéndez tragó saliva, boqueó dos o tres veces sin producir sonido alguno y al fin dijo, estrangulado:

—Sí... Era mi padre.

—¿Tu padre? —exclamó Bella sin entender nada.

—Su padre —repitió uno de los agentes, apuntando algo en el cuaderno.

—Pues su padre de usted se tiró o se cayó cuando entraba el tren en el andén. Chafffffff... —el gráfico ademán aplanador que iniciaba el hombre fue interrumpido nuevamente por un codazo de su compañero—. No se sabe si fue suicidio o no. Por un lado iba muy borracho, o sea, que pudo caerse. Pero por otro lado está lo de la chica, así es que a lo mejor fue intencionado.

—¿La chica? ¿Qué chica? —preguntó Bella; Menéndez estaba tan demudado que parecía un cadáver.

—Lo de Juana Castillo, alias Vanessa —leyó el otro agente en su cuaderno.

—¡Vanessa! ¿Qué...?

—Resulta que la dirección que aparecía en el carnet de identidad del muerto era falsa o muy antigua, porque allí no le conocía nadie. Afortunadamente llevaba también una tarjeta de este club, y por eso estamos aquí. Pero en la tarjeta estaba escrita a mano otra dirección, que correspondía a una pensión no lejos de aquí. Y resulta que cuando llegamos a la comisaría nos enteramos de que, por la tarde, nos habían llamado de esa pensión porque un tipo le había dado una paliza de muerte a una chavala y luego había escapado. Así es que vino la dueña de la pensión y reconoció al muerto o lo que queda de él, y dice la vieja que es el mismo que pegó a la chica, claro que es difícil reconocerle y además la vieja está cegata y a lo mejor no...

—¡Pero Vanessa! ¿Por qué? ¿Ha muerto Vanessa? —se desesperó Bella, mareada de pura confusión.

—Ah, ¿la conocen ustedes? Pues no, no ha muerto. La chica se pondrá bien. Ha sido una paliza tremenda, de estas a conciencia, y tiene la mandíbula y la nariz rota y no sé cuántas cosas rotas más y no sé qué le pasa en un riñón, pero se pondrá bien, eso dicen los médicos, por lo visto. Está en la UVI del Hospital Provincial.

—Qué vergüenza, qué vergüenza, qué vergüenza... —musitó Menéndez, como desvariando.

Todos le miraron: ofrecía un aspecto exangüe y lamentable.

—Yo... Yo no tengo la culpa de tener un padre así, señores agentes —empezó a farfullar, desencajado—. Uno no puede elegir a los padres, por desgracia. Él... Él nos abandonó a mi madre y a mí cuando yo era muy pequeño. Siempre fue un sinvergüenza, un perdido. Y luego... Luego apareció aquí de repente, hace diez meses. Yo no había vuelto a saber de él en treinta años y de pronto aparece aquí pidiendo ayuda, pidiendo ayuda a su hijo, a mí, que me dejó tirado, que nunca se ocupó de mí, que mató de pena a mi pobre madre. Yo no sé si debería haberle echado. Pero estaba viejo y sin un duro y era mi padre... Y además amenazó con armarme un escándalo y... Le dejé que se quedara en el club.

—Poco, Dios mío, Poco —tartamudeó Bella, la boca amarga, el corazón en la garganta y un vaivén de desmayo entre las sienes.

—Dormía aquí y yo le mantenía... Era un borracho. Todo el día estaba borracho. Siempre fue un borracho, le recuerdo así desde pequeño, por eso yo me juré no probar el alcohol. Señor, Señor, lo que yo he pasado con él, ustedes me comprenderán, señores agentes, uno no tiene la culpa de que su padre sea así...

—Claro, claro.

—Por supuesto, usted tranquilo.

—No me malinterpreten, pero casi me alegro. Me alegro de que esto haya terminado. Dios sabe lo que ese degenerado era capaz de hacer. Hoy ha sido una paliza a esa chica, mañana... No quiero ni pensarlo. Resulta espantoso de decir de un padre, pero me alegro, que Dios me perdone, me alegro, me alegro. Claro que ese hombre nunca fue un padre para mí. Cuando nos abandonó yo no tenía más de cinco años, y él debía andar por los veinticinco. Era ya un vaina, un golfo, un perdido. No les quiero contar los sufrimientos de mi pobre madre por hacerme un hombre de bien. Nunca volvimos a saber de él, nunca nos ayudó en nada. Era un mal hombre... —Menéndez hablaba con una locuacidad en él extraña, y su rostro había pasado del amarillo cadavérico al carmesí.

—Y después, cuando crees que ya te has librado de él y de su recuerdo, aparece un buen día como un fantasma. Como una condena de la que no te puedes escapar. Me amenazó, Dios sabe que me amenazó. Me dijo que se presentaría en mi casa, que hablaría con mi mujer y mis hijos. Imagínense, señores agentes, qué ejemplo para mis hijos... Qué vergüenza tener un padre así...

—Qué nos va a contar usted a nosotros —contestó uno de los agentes, palmeando el hombro de Menéndez con simpatía—. ¿No ve usted que nosotros ya estamos hechos a esas cosas? Si supiera usted las cosas que ve la policía... Como ese chico, el destripador de Cabrerillo, seguro que lo han leído ustedes en los periódicos... Pues fíjese, era un muchacho de muy buena familia, buenísima, y luego resultó que había asesinado a cuatro sirvientas de la casa. Un tarado, se las beneficiaba primero y luego... La señora se extrañaba de que el servicio le durase tan poco, pero como el chico era un loco listo y quemaba las ropas y dejaba notas falsas, pues... Hasta que descubrieron los cadáveres enterrados en el jardín de la casa. Imagínese usted que papelón para esa pobre madre...

—Así es la vida —terció el otro, filosófico—. Son cosas que pasan en las mejores familias. Cuanto más arriba están, más trapos sucios, que se lo digo yo. Si usted viera lo que vemos nosotros... Fiuuuuuu, se quedaría aterrado.

Callaron todos. Fue un breve silencio embarazoso en el transcurso del cual los tres hombres bascularon el peso de su cuerpo de un pie a otro. Bella contaba los latidos de sus sienes: uno, dos, cuatro, siete. Hacía calor y el mundo parecía de gelatina. El agente escribidor guardó su cuadernillo y carraspeó:

—Ejem, pues bueno, si a usted no le importa le ruego que nos acompañe ahora a comisaría. Hay que firmar los papeles, recoger las pertenencias del muerto, todo eso.

—Sí, sí, claro, cómo no.

Menéndez sacó un pañuelo de dudosa blancura y se sonó estruendosamente.

—Cuando ustedes gusten. Bella, por favor, ten las llaves y vete abriendo.

Bella les contempló alejarse, acera abajo, hasta que doblaron la esquina y la calle quedó desierta. El edificio que hacía chaflán estaba rematado por una mujer semidesnuda tallada en piedra: era la primera vez que Bella se fijaba en su existencia, pese a haberla tenido de vecina durante años. Ahora descubría el vuelo petrificado de la túnica, sus gruesas carnes de granito. Toda la calle parecía distinta, repentinamente llena de detalles que antes jamás había advertido: la pintura descascarillada y azul de la fachada de la panadería, los caprichosos hierros forjados del balcón de enfrente, los cristales esmerilados del portal de al lado. Permanecía así Bella, sola, plantada en mitad de la tarde, descubriendo menudencias, sumida en un extraño estado de estupor. De la conversación con los agentes recordaba pequeños detalles anecdóticos (el rubor de Menéndez, o el corte que mostraba la mejilla de un policía, causado sin duda por un afeitado presuroso, o el chirrido del lápiz desmochado sobre el cuadernillo) como si tales nimiedades hubieran constituido la sustancia del encuentro. Pero por debajo de todo esto —en el forro de sí misma, al final de su conciencia— soplaba un polvoriento vendaval en el que revoloteaban y entrechocaban las imágenes: el Poco sonriendo con su diente de oro; Vanessa de perfil, desplazándose eternamente en el recuerdo desde ningún sitio a ningún lado; de nuevo el Poco, aún riendo pero con el cuello sangrante y degollado; las palmeras de la escenografía cubana abatidas por el furor del huracán; la voz de Elena Burke cantando muy dentro de su oído, luna en La Habana, milisiana; un tren entrando en un túnel, negrura atronadora amenazante; un grifo —el grifo roto de su casa— goteando, chop, chop, chop, en una penumbra interminable.

Dio media vuelta y entró en el club. Estaba a oscuras y le costó encontrar las luces. Miró el reloj: las ocho menos cuarto. Qué pronto atardecía ya. Se quedó de pie en medio del local, contemplando los cojines desteñidos, el raído terciopelo. Las palmeras de cartón estaban muertas, las palmeras de cartón le daban miedo. Dentro de su memoria seguía soplando el ventarrón y Bella agitó la cabeza con agobio: era como tener una tormenta en el cerebro. Se sirvió una copa de coñac. Poco aplastado y triturado. El licor prendió fuego a su estómago. Siete, ocho, nueve, diez: los latidos de sus sienes. Entraron los primeros clientes de la tarde, dos muchachos con el pelo rapado de la mili.

Pasaron así las horas, ni deprisa ni despacio, incoloras, en un sofoco sin conciencia. Bella se acabó la botella de coñac. Menéndez no volvía.

—Estás muy callada, mujer.

Alguien la llamaba mujer. Se estremeció. Poco deshecho, ensangrentado. Bella se esforzó en detener el mundo y en reconocer la sombra que tenía ante ella. Unos labios hinchados como heridas. Unos ojos muy negros, pequeños, tiesas las pestañas, los párpados rojizos.

—Estás muy rara, tía, ¿qué te pasa?

El macarra. El macarrita del retrete. El adolescente tocón y sinvergüenza. Bella se sorbió la mella y no contestó. Cogió las copas sucias, las metió en el fregadero y abrió el grifo. Se quedó mirando cómo rebotaba el chorro, cómo se salpicaba todo.

—¡Pero tía, que se te está saliendo el agua, estás chalá!

Era verdad. El fregadero rebosaba y el agua caía sobre los pies de Bella. El macarra entró detrás del mostrador y cerró el grifo.

—¿Estás ida, o qué?

Bella era voluminosa y el espacio tras la barra era estrecho. El muchacho estaba plantado junto a ella, rozándola, la entrepierna abultada, oliendo a sudor joven. Bella sintió una arcada.

—Estoy mareada —dijo, y apretó los dientes para aguantar el vómito.

Salió corriendo del mostrador, tambaleándose, chocando con las paredes, y se metió en el servicio. No le dio tiempo ni a alcanzar la taza: se vació contra el quicio de la puerta.

—Qué tajada tienes, tía, qué tajada —reía el macarra, que la había seguido.

—Qué vergüenza —se atragantó Bella.

—No seas tonta, mujer, no pasa nada.

El muchacho la condujo al retrete, le sujetó suavemente la cabeza. Bella vomitó y vomitó hasta que sólo le quedaron bilis y un dolor de estómago imponente.

—Anda, suénate —dijo el chico, ofreciéndole un trozo de papel higiénico.

—Qué vergüenza.

—Te voy a preparar café, y como nueva.

En el club ya no quedaba nadie. Bella se sentó en el sofá, agotada. El macarra trasteaba con la cafetera express.

—¿Sabes cómo funciona?

—Yo lo sé todo, tía.

La lengua espesa, y la cabeza como partida en dos, y un mareo interior, en la memoria. Pero el mundo exterior se iba parando, ya no daba vueltas como antes.

—¿No vas a cerrar hoy?

—¿Cerrar?

—Sí, tía, son las tres de la madrugada, ¿no vas a cerrar el club?

—¿Las tres?

Las tres de la madrugada. Las tres venían después de las dos, las dos venían después de la una. Daban igual las horas, daban igual las noches y los días. Pero sí, tendría que cerrar. Y marcharse a su casa. Calle sola, cama oscura.

—Hala, tía, bébetelo.

Bella sorbió el café. El chico estaba en cuclillas junto a ella, los codos apoyados en los muslos, los músculos reventando el pantalón.

—¿Te sientes mejor?

El macarra extendió el brazo y acarició su cabeza, su oreja, su mejilla. Bella se quedó muy quieta, cobijando su cara en la palma del muchacho.

—Venga, que nos abrimos. Te voy a acompañar a casa —dijo el chico.

Y ella ni siquiera contestó.

Recorrieron el trayecto sin hablar, el muchacho enlazado a su cintura y ella desfalleciendo por momentos. No hubo ni la sombra de una duda: cuando llegaron al portal, el macarra subió con ella con naturalidad de propietario.

—Me gustas, tía —dijo el chico nada más entrar en la casa, sin perder tiempo.

Y comenzó a desnudarse. Lentamente, mirándola a los ojos, como acariciando su propio cuerpo mientras se despojaba de las ropas. Se quitó la camiseta y los pelos de su cabeza se quedaron tiesos y arremolinados. Tenía el torso limpio, pálido, lampiño: bíceps de adulto y costillas de muchacho. El macarra sonrió y se desabrochó el vaquero, y se lo dejó un instante así, medio entreabierto, y se sobó la tensa tripa, y se hurgó suavemente en el ombligo.

—¿Te gusta? —preguntó.

Se había bajado el pantalón y no llevaba calzoncillos. Tenía un sexo hinchado y rosa y enredado en vellos negros, un sexo desmesuradamente grande para lo desmedrado de su cuerpo.

—¿Te gusta? —repitió.

Bella salió de su sopor y sintió miedo. Miedo y ganas de vivir, miedo y un mocoso que podía ser su hijo, miedo y ansias de carne, y vergüenza, y soledad, y aún más miedo.

El chico era experto y eficiente. La tocó toda y era como un pecado. Como algo sucio y horrible y delicioso. Un niño, un niño apenas. Un niño para llenarla, para acompañarla, para comprenderla. El chico sabía complacer, pero, cuando terminaron, Bella se quedó con hambre de hombre. Porque el cuerpo del muchacho se le escurría entre los brazos. Porque se le escapaba su turbia adolescencia. Porque no podía poseerle. El macarra se apartó a un lado, sudando y resoplando, y ella se quedó muy quieta, a la espera de que el chico la quisiera. Le acarició tímidamente los flacos costados, le pasó un dedo por la peluda vereda del ombligo. El muchacho se echó a reír.

—Qué, tía, da buti, ¿eh?

Y se desternillaba, golpeándola juguetonamente en los nudillos.

—Que me haces cosquillas, titi, hay, que no puedo...

Manoteaba y pataleaba como un bebé y Bella rió también, y le besó en la mejilla, y él la besó a ella, y se revolcaron por la cama peleándose.

—Bueno, pues yo me abro —dijo el chico secándose las lágrimas y sorbiéndose las risas.

—¿Qué te vas?

—Sí, tía —dijo él poniéndose de pie—. Me tengo que ir. Soy un hombre muy ocupado.

Estalló de nuevo en carcajadas y se tuvo que sentar en el borde de la cama.

—Ha estado bien, ¿eh? Nos hemos divertido.

—Sí —dijo Bella—. Es una pena que te marches. —Todavía se sentía algo borracha.

—Es muy tarde, titi. Son casi las seis. Tengo que atender los negocios.

Se vistió en un abrir y cerrar de ojos y se peinó el flequillo con la mano. Luego se acercó a la cama y la besó en los labios.

—¿Te ha gustado? —preguntó.

—Sí.

—¿Quieres que nos veamos más veces?

Bella dudó.

—Creo que sí.

El muchacho volvió a besarla y luego hizo un guiño bufo y amistoso.

—Oye, tía, me podías hacer un regalito...

—¿Qué?

—Un regalito. ¿No me vas a regalar nada, con lo bueno que he sido? —sonrió, zalamero.

Bella se incorporó en la cama. El chico estaba muy cerca de ella y le empujó suavemente, para apartarle.

—Un regalo... —murmuró.

—¿No me pensabas dar nada? Pero tía, ¿en qué mundo vives? —zumbó el muchacho.

Bella se levantó. Se sintió repentinamente ridícula estando así, gorda y en cueros, y se echó la bata por encima. Estaba tranquila, muy tranquila. Congelada de calma.

—¿Qué quieres? ¿Dinero? —preguntó fríamente.

—No me vendría mal algo de pela. Estoy seco.

Bella sacó su monedero del bolso. Lo abrió y lo volcó sobre la cama. Había 3.000 pesetas en billetes y monedas sueltas.

—¿Es suficiente?

—De sobras.

El chico recogió todo, hasta la última peseta. Después la miró burlón:

—No te mosquees, tía, no pongas esa cara. No sé por qué te pones así. Yo soy un tío legal. Te he tratado bien, ¿no? He sido cariñoso contigo, y te lo has pasado bien, ¿no? No sé de qué te mosqueas, tía, esto es lo justo.

—Fuera.

—Bueno —dijo el chico, encogiéndose de hombros—. A mí me la trae floja...

Se guardó el dinero en el bolsillo del pantalón, se dio otro manotazo en el flequillo y se marchó. Bella esperó a verle cerrar la puerta y luego se tumbó sobre la cama, tal como estaba, con la bata puesta. Se sentía muy cansada y le dolía la cabeza. Se durmió casi inmediatamente, con un sueño sin sueños, sólido y oscuro, como de muerte.

## 26

—¡Repugnante, vergonzoso!

—...

—¡Es morboso, y aberrante, y un escándalo! ¡Es... No encuentro palabras, maldita sea, es indigno, eso es, indigno y asqueroso!

—...

—Guarros, que sois unos... La vergüenza que me habéis hecho pasar, el papelón que... Vamos, vamos, por Dios, tener que presentarme ahí y... Sí, señor guardia, yo tampoco lo sabía, sí, señor guardia, es que tengo una hermana un poco puta y algo loca, la leche que os han dado, qué ridículo...

—No, no, señor, no diga eso...

—¡Tú te callas, cabrón!... Que eres un cabrón... Anda, di algo... Pedazo de cabrón... Eso, mira al suelo, cabrón... Marrano, si eres un mocoso... Chulo de mierda, aprovechándote de la tonta de mi hermana...

—Eso no, señor, eso no, yo la quiero mucho, yo...

—¡Que te calles! No te atrevas a...

—No me callo, señor, no me callo, yo puedo ser todo eso que usted dice, no sé, y sé que hemos hecho mal, pero yo quiero a Antonia, y Antonia no es una puta, usted no la conoce, por eso dice lo que dice.

—Mira, imbécil, te voy a sobar los morros... No te atrevas a contestarme que todavía te vas a ganar una patada en el culo, so cabrón.

—Pues démela.

—... Así es que encima te pones gallito... Muy

bien. Mira, chico, no te lo tengo en cuenta porque eres un enfermo. Si de verdad dices que quieres a Antonia es que eres un enfermo. Podría ser tu madre, chico. Tú estás mal.

—...

—Pero mírala bien, chico... Gorda, vieja, tonta... Pobrecita, que es tonta... De eso te aprovechas tú, cabrón.

—No, señor, yo no me aprovecho, no me aprovecho de nada. Antonia no es así como usted dice, Antonia es muy buena, usted no la conoce.

—Calla, desgraciado... Ahora tú, precisamente tú, me vas a decir a mí cómo es mi hermana... ¿Pero tú quién te has creido que eres?

—Yo no me he creído nada, señor, pero Antonia no es así, y yo me entiendo...

—Tú no entiendes nada, animal, que eres un tarado, no hay más que verte la cara. Pero dejemos esto. Ya no hay manera de arreglar el escándalo... Mira que ponerse a hacer guarradas en mitad de un parque... Es que no lo entiendo, coño, no lo entiendo, no os bastaba con estar liados, no, teníais que poneros y ponerme en ridículo...

—...

—Bueno. Vamos a lo que interesa. Tú no vuelves a ver a mi hermana, ¿has entendido? No vuelves a verla. Que te quede bien claro.

—No, señor.

—¡Cómo que no!

—Suélteme, suélteme, señor, por favor, digo que no la volveré a ver más...

—Eso es otra cosa.

—Pero no la volveré a ver porque yo no quiero, porque la quiero mucho y por eso no quiero volver a verla... Pero usted no puede entenderlo.

—Tú eres tonto, eso es lo que pasa, ya lo creo que lo entiendo... Un tonto y un mocoso. Mira, chico, de hombre a hombre: ¿No entiendes que eso es como una enfermedad? ¿Que haces tú con una mujer tan mayor? Lárgate con chicas de tu edad, hombre. Si yo tuviera tus años, ay, si tuviera tus años... Me comería el mundo.

—Usted no entiende.

—Cállate, desgraciado, y no te pongas encima impertinente... Mira, chico, no me caes mal. Yo esto lo hago por el bien de todos. Esto es una aberración y una vergüenza. Lo hago sobre todo por el bien de mi hermana. Está haciendo el ridículo, se está poniendo en ridículo y es mi hermana, ¿entiendes? Yo quiero lo mejor para ella. Antonia es como una niña y yo tengo que cuidar de ella, ¿comprendes? No puedo permitir que la gente se ría de ella, y yo sé que se ríen.

—Sí...

—¿Qué has dicho?

—Que sí...

—Lo ves, chico... Acabaremos entendiéndonos. Esto también es bueno para ti, hombre. Dentro de unos años me comprenderás y me lo agradecerás. Es lo único que se puede hacer.

—Oiga...

—¿Qué pasa?

—Yo... yo quería decirle que... Yo no me he querido aprovechar de Antonia. Yo la quiero mucho. Yo la respeto y... No sé por qué hicimos lo de ayer, yo...

—No me recuerdes lo de ayer que se me calienta la cabeza. Vamos a lo que importa: tienes que dejar la portería, no puedes seguir viviendo en la misma casa.

—Sí.

—¿Sí, qué?

—No, que ya había pensado yo en eso... Se lo quise decir a Antonia ayer, pero... Me he cogido una habitación en una pensión, lejos de aquí... Mi tío me ha prestado un poco de dinero, porque yo no tengo nada...

—Ahhhh... Mira el tarado, con lo que sale, y parecía tonto... Así que lo que quieres es dinero... Podíamos haber empezado por ahí. ¿Cuánto?

—¡No, no, no! ¡Guárdese eso! ¡No quiero nada de usted, nada!

—Está bien, chico, tranquilo, tranquilo... Mira, te puedo hacer un préstamo, si quieres, no hay nada malo en ello...

—No... señor.

—Está bien. Y ahora escucha bien, imbécil: espero no volver a verte más. De lo contrario, la próxima vez no podré ser tan comprensivo, ¿has entendido?

—Oiga...

—¿Qué pasa?

—¿Le... le podría dar esta carta a Antonia?

—Pues yo creo que no, que no se la voy a poder dar... ¿Para qué?

—Por favor, es sólo para despedirme de ella, no quiero que crea que...

—¿Me juras que no vas a volver a verla? ¿Que no la vas a escribir más, que no la vas a telefonear?

—Sí.

—Está bien. Dámela. A lo mejor se la entrego. Ya veré.

—Oiga...

—¿Y ahora qué? Abrevia, que ya he perdido demasiado tiempo contigo.

—Cuídela.

—Yo sé muy bien cómo tengo que tratar a mi hermana.

—Adiós.

—Eh, tú, espera... Por lo menos me podrías dar las gracias... Si no llega a ser por mí, a estas horas estarías en el calabozo y pendiente de un consejo de guerra... Porque tengo amigos en la policía, que si no... Si no llega a ser por mí se hubieran enterado en el cuartel.

—Sí, señor.

—¿Sí señor, qué?

—Sí señor... gracias.

## 27

Despertó y fue como si recuperara un dolor tras la tregua de un analgésico. Bella parpadeó, aun atontada por el sueño, y a medida que se iba adentrando en la consciencia iba aumentando el peso del dolor de su memoria. Dormir, dormir cien años seguidos y olvidarse. Quien pudiera dormir hasta la muerte.

Encendió un cigarrillo. Tenía la boca pastosa y latigazos de resaca en la cabeza. Cortinas deslucidas, sillones pelados y el gotear del grifo roto en la cocina. Un cenicero lleno de colillas y la cama revuelta, olor a macho joven entre las sábanas. Bella sintió náuseas y apagó el cigarro. Le pinchaba el hígado, como siempre que bebía demasiado. Se levantó y se arregló la bata, sudada y arrugada tras haber dormido con ella. Se dirigió al cuarto de baño y todo el cuerpo le pesaba y retemblaba a cada paso, como si estuviera más gorda que nunca, como si se le hubieran desplomado las carnes por la noche. Se mojó la nuca con agua fría y después se sentó a orinar en el retrete, o quizá se desplomó sobre la taza porque no encontraba razón alguna para permanecer de pie, con lo que le pesaba el cuerpo y los recuerdos. Se quedó largo rato así, a horcajadas en la loza, contemplando el embaldosado. Descubriéndolo. Hasta entonces no se había dado cuenta de que la geometría de los ladrillos no era caprichosa, sino que componía un dibujo, una especie de estrella en gris y ocre. Tantos años pisando y fregando el mismo

suelo, sin mirarlo. Así pasaba la vida, descuidada-
mente, sin saber lo que vivimos. Bella suspiró. Se le
estaba durmiendo la pierna derecha. Su casa. Su
casa de la infancia, por ejemplo. En ella había nacido, en ella creció, en ella permaneció los veinte primeros años de su vida. Bella sintió un vértigo:
¿cómo era su casa, cómo era? No se acordaba bien.
Oh, sí, tenía clara la distribución, las líneas genera-
les. Pero se le escapaban los detalles. ¿De qué color
eran las baldosas del cuarto delantero? ¿Y cómo era
el dormitorio de sus padres, en el que ella entró muy
pocas veces? La cama grande, la enorme cama de
matrimonio, de eso se acordaba, y el armario desco-
munal, y la habitación siempre en penumbra, con
los postigos echados. Pero, ¿había una silla al fondo?
¿Las paredes estaban pintadas de azul claro, o gris,
o crema? ¿Y cómo eran los picaportes de las puertas? ¿Y los marcos de las ventanas? ¿Y el zócalo del
pasillo? ¿O no había zócalo? Bella se estremeció, repentinamente angustiada. Habían tirado la casa, ya
no existía. La demolieron cuando ella vivía ya en la
ciudad, sin darle tiempo a despedirse de las habitaciones, de las paredes, de los techos (que eran con
vigas, sí, pero, ¿qué anchura tenían? ¿No había una
viga rota en la cocina? ¿O era en el cuarto delantero?). Miedo, miedo a haber olvidado, miedo a no
poder recuperar lo que hubo, dolor casi físico ante la
ausencia de lo que uno fue. Como si de repente se
supiera huérfana, huérfana del todo, más huérfana
aún que cuando sus padres murieron realmente, una
orfandad de sí misma, de su pasado y de su historia.
Y qué decir del dolor de los muebles perdidos.
¿Cómo era el tirador de la mesilla, de esa mesilla
que ella abría y cerraba aburridamente durante sus
enfermedades infantiles? ¿Qué forma tenían los
picos del armario, que aleteaban de sombras en los
insomnios? Todo había desaparecido, se había deshecho en el aire sin dejar huella. Pero por Dios, ¿qué

color y qué dibujo tenían las baldosas de la pieza delantera, sobre las que ella jugaba tantas veces? No pudo encontrar respuesta ante esta pregunta urgente y necesaria. Y Bella comprendió que esa incógnita irresoluble era el único, el gran enigma de su vida.

Llegó al Desiré muy pronto. El local olía a húmedo, a cerrado. Dolor de cabeza y una turbulencia interior, como si tuviera el cerebro encenagado. Guardó las llaves del club en la caja registradora y luego se sentó al órgano. Enchufó el melotrón, dejó reposar las manos sobre las teclas, pulsó con delicadeza algunas notas.

—Tengo... Tengo para ti tantos regalos... de amor, ternura y compasión... que no sé ni cómo puedo darlos, que no sé desirte mi pasión... Y sería imposible el explicar, el ansia de ti que mi alma peina... Por eso, por eso en mi locura, sólo se jurar, que te trataré como a una reina... Por eeeeso, por eso... Por eso en mi locura, sólo sé jurarrrrrr... Que te trataré... como a una reinaaaaa...

La carta. Tenía que encontrar la carta, la dirección del compadre del Poco en el Tropicana. Se le ocurrió de repente, y fue como si recuperara la lucidez, como si se disiparan las nieblas interiores. A lo mejor, si le explicaba todo al hombre ese, todavía podría ir, todavía podría marcharse a Cuba, aunque fuera sola. Dejó el órgano conectado y corrió hacia el guardarropa: el melotrón palpitaba en el aire, un monótono chispun chispun de batería artificial. La bolsa de deportes que contenía las posesiones del Poco estaba bajo el mostrador. La bolsa, la bolsa negra, su secreto. Al abrir la cremallera salió un tufo a ropa sucia, a pies sudados: había algo repugnante en todo esto, era como profanar a un muerto, como sajar el vientre de un cadáver. Metió la mano en la herida y sacó un jersey verde muy viejo, de lana apelmazada. Una pelota de calzoncillos y calcetines usados. Una camisa blanca, arrugada pero limpia y nueva, aparentemente sin estrenar. Un par de zapatos abarquillados. Un volumen en piel de las *Rimas* de Gustavo Adolfo Bécquer, con el lomo descosido. Una cartera de plástico con una estampa en colores de la Virgen, tres sellos exóticos y usados y dos fotos antiguas: una de un grupo de legionarios, otra de un Poco joven, acicalado y casi irreconocible, sentado en la terraza de un café. Un cinturón de cuero con las insignias de la Legión en la pesada hebilla. Un pisapapeles de cristal que nevaba virutas de algodón sobre la torre Eiffel. Y al fin, justo al fondo, una carpeta de cartón azul, con gomas. Bella apartó todo lo demás y abrió la carpeta, temblorosa. Estaba casi vacía: la cartilla militar, una partida de nacimiento y, sí, la carta, la carta de color café con leche.

«Qué gusto saber de ti, cabrón, ni que te hubiera tragado la tierra. Lo vuestro lo arreglo en seguida y Padilla me ha dicho que os hará los contratos. Padilla es el jefazo, no sé si te acuerdas que te dije. Yo vivo como un príncipe y a la Canelita le están creciendo las tetas con esto del Caribe y cada día está más guapa, está tan guapa que me da miedo. A ti esto te puede volver loco de gusto. Nos vamos a hacer los amos del Tropicana, y verás. Antes de un mes te mando los papeles, pero el barco lo tenéis que pagar vosotros. Saluda a Luciano de mi parte y dile que tengo también muchas ganas de verle. Os espero con una botella de ron. Hasta pronto.

Trompeta.

P.D.: La Canelita te manda recuerdos.»

Trompeta. Trompeta y nada más. Eso no era un nombre, se dijo Bella con desconsuelo. Cogió el sobre en busca de un remite más explícito, pero no había nada más que el membrete impreso del Tropicana. Está bien, decidió, dirigiría la carta al tal

Trompeta, lo más seguro es que de todas formas le llegara. El matasellos ensuciaba el sobre con un entrecruce de líneas, y Bella leyó las emborronadas rayas distraídamente, sin prestar atención. Repentinamente sintió frío, un agujero en el estómago, un mareo. Releyó el matasellos una y otra vez, hipnotizada, pugnando por descifrar lo que veía: era como si los signos hubieran perdido sentido para ella y fueran tan sólo unas manchas de arbitraria oscuridad sobre el papel. Al fin la evidencia llegó a su cerebro, poco a poco, dañina y dolorosa y Bella comprendió que la tinta azul no era pálida, sino desteñida por el tiempo. El borroso matasellos se concretó en una fecha, la de la expedición de la carta: un 14 de septiembre de 1954. Papel color barquillo, amarillento.

El melotrón ponía un ritmo torpe y machacón al silencio y Bella se acercó al aparato y lo desenchufó. Aunque todavía era de día encendió la luz eléctrica. El mural del barquito surgió lívido y sucio bajo su sol de neón. En el local entró una pareja quinceañera; se sentaron en la mesa más oscura y pidieron dos tónicas. Bella sacó los vasos, los llenó de hielo justo hasta la mitad, escogió dos rodajas de limón bonitas, abrió las botellas, colocó todo en la bandeja cuidando que el peso estuviera equilibrado, sirvió a los chicos escanciando el refresco con exquisito tino, sin espuma, y regresó a la barra silenciosamente. El grifo del mostrador goteaba, lo mismo que el grifo del lavabo de su casa; tendría que decírselo a Menéndez para que llamase al fontanero. Sintió náuseas y se preparó un vaso alto bien cargado de ginebra. El alcohol quemaba su garganta y calentaba deliciosamente su destemplado estómago. Qué buena estaba la copa. La sonrisa mortal y degollada del Poco. La ginebra sabrosa y seca. Encendió un rubio y aspiró con placer. Qué gusto estar así, calmada, bebiendo rica ginebra, fumando golosamente un cigarrillo, empujando las náuseas para abajo con el humo.

Se abrió la puerta y entró Antonia. Venía descompuesta y gimoteante. Bella la contempló fríamente, sin sorpresa.

—Ay, ayyyyy, Bella, Bella, me quiero morir, me quiero morirrrrr.... —Antonia lloraba en sordina y el dolor retorcía sus mofletes—. Me ha dejado, me ha dejado... Ha sido Antonio, él no es, porque mi Damián me quiere mucho, yo sé que me quiere mucho, yo lo sé... Ha sido Antonio, que ha hablado con él, que le ha prohibido verme, tan felices que éramos los dos y ahora se ha ido, Antonio le ha echado, no sé qué le habrá dicho, Antonio le ha echado y yo no sé cómo encontrarle, mi Damián, mi bien, mi vida, Antonio dice que él quería dejarme pero yo sé que eso es mentira, Damián me quiere mucho y no se iría, es cosa de mi hermano, es culpa suya, Antonio me ha quitado a mi Damián...

De la nariz de Antonia pendía un moco tembloroso y Bella le tendió una servilleta de papel para que se limpiara. Bella se sentía dueña de una serenidad extraordinaria, de una extraña lucidez que le hacía capaz de ser consciente de mil detalles a la vez, como si la realidad hubiera perdido su continuidad y se hubiera deshecho en las menudencias que la componen, en el moco y los lloriqueos de Antonia, en las manchas de humedad de la pared, en el arrullo de los novios quinceañeros en su mesa, en el sabor a ginebra de su boca. Todo se daba a la vez, el pasado y el presente, la carta del Trompeta, el contoneo del macarra, las callosas caricias del Poco, el color de las baldosas de su casa. El grifo del fregadero goteaba inexorablemente bajo el mural y parecía que por él se escapaba el mar de neón; el barco-zapato escoraría al quedarse sin agua y zozobraría en tierra, entre el ulular de sus tristes sirenas de secano.

—¿Dónde vive Antonio? —se oyó preguntar a lo lejos, como si su propia voz fuera uno más de los múltiples fragmentos de la vida, de ese organizado caos de sensaciones.

—En Reina 17 —gimoteó Antonia.

Bella apuró la copa con tranquilidad, lavó su vaso y lo colocó a escurrir en el estante. Después se secó las manos, recogió el bolso y salió de detrás del mostrador.

—¿A dónde vas? —chilló Antonia al verla camino de la puerta.

Bella no contestó.

—No... No irás a casa de Antonio, ¿verdad? Yo... Yo no he estado nunca allí, ya sabes cómo es él...

Bella estaba ya en el umbral. Se volvió, miró a Antonia como si fuera la primera vez que la veía, se lamió la mella, sonrió.

Y después desapareció tras la cortina.

Transcripción de las declaraciones hechas por
Antonio Ortiz a Paco Mancebo, reportero de la
revista *El Criminal*

No pierda usted el tiempo. No quiero decir nada.
No quiero hablar de aquello. No insista, oiga, le digo
que no quiero ni acordarme. Tengo derecho, ¿no?... La
policía, el juicio, los interrogatorios... Y los peores son
ustedes, los periodistas. Tengo derecho a que me dejen
en paz, por Dios, estoy enfermo... Y además yo no sé
qué interés puede tener el asunto para la prensa después de todo el tiempo que ha pasado... Sí, ya sé que el
caso no está solucionado del todo, me lo va a contar
usted a mí... Míreme: estoy hecho polvo todavía. Destrozado. Esa bestia ha acabado conmigo. Y lo hizo con
alevosía, con saña, con toda su bilis y su mala leche.
Hace ya cuatro meses, cuatro, que esa bestia me atacó
sin razón y sin que mediara provocación alguna por
mi parte. Hace cuatro meses y ya lo ve, hasta ahora no
me han dado el alta. El alta. Qué ironía. Con esta pierna así y el brazo en cabestrillo y sobre todo lo de la...
No, no, la pierna ya no la recuperaré en la vida. Cojo.
Esa hija de puta que... Mire, ¿se da cuenta? Se me sal-
tan las lágrimas. ¿Se da cuenta? Déjeme en paz. No
quiero hablar de esto. Me hace daño. Tengo los nervios
hechos cisco. ¿Usted sabe lo que es pasarse cuatro
meses al borde de la muerte? Se dice pronto, pero hay
que vivirlos día a día. Cuatro meses mirando un techo
blanco. Y los dolores. Las horas son eternas. Es como
estar muerto, muerto en vida. Encerrado en mí
mismo, ¿sabe usted? Mi cuerpo estaba muerto y yo

estaba vivo y encerrado dentro y sin poder salir. Era espantoso... Un monstruo. Esa mujer es un monstruo. No está loca, no, eso es un cuento que se ha inventado su abogado... ¿Se ha entrevistado usted con ella?... No, claro, no quiere hablar. Se hace la loca, pero es mentira. Me tiró por la ventana porque no soportaba que me fuera a casar, ésa es la verdad, así de simple y de vulgar y de miserable. Por celos, lo hizo por celos. Por un ataque de celos injustificable. Porque esa individua y yo no hemos tenido nada que ver desde hace treinta años. En nuestra adolescencia fuimos un poco novios. O sea, tonteamos, esas cosas que se hacen a los quince años. Y después aquello se acabó. Yo me marché del pueblo y se acabó. Y no se vaya usted a creer que es que la dejé en una situación... embarazosa, ya me entiende. Qué va. Nada de eso. Durante el tiempo que salimos juntos no hicimos nada malo. Éramos muy niños, sabe... Después no volví a saber de ella hasta que me la encontré hace cinco o seis años en el Desiré... Estaba gordísima. Había cambiado mucho. Pero la verdad es que al principio me alegré de verla. Era como recuperar a un amigo de la infancia, ¿se da usted cuenta? Le tenía cariño y ella parecía tenérmelo a mí, así, sin más. Mentira, todo mentira. En realidad esa individua seguía enamorada de mí. Esa individua se hizo unas ilusiones injustificadas y cuando se enteró de que iba a casarme, la muy bestia decidió matarme. Las mujeres son así, muy posesivas, irracionales. Yo... Yo ya había sospechado alguna vez que ella me quería de otro modo. Yo nunca le di pie, pero ella... A veces yo me decía: pobre Bella... Pero nunca me imaginé que llegaría tan lejos. Entró en mi casa como una energúmena. ¿La conoce usted físicamente? Es grande, muy fuerte, sí. Entró como una energúmena, y rompió todas mis cosas, y me deshizo la casa, y actuó con el mayor sadismo, y después intentó rematar su obra tirándome a la calle. Me cogió en sus brazos y me tiró a la calle, era un cuarto piso y me tiró a la calle, dicen los médicos que uno se desmaya en esos casos pero yo no me desmayé, la acera subía y yo caía y oí el sonido de la rotura de mis huesos, ¡de mis huesos!... Yo... Ejem... Me... No puedo... Me... ¿me podría pedir un... un vaso de agua, por favor?... Es que... Sí... No, no se preocupe, ya se me pasa... Es que últimamente me dan unos ahogos que... Como si me quedara sin aire y... La realidad se rompe y no respiro y... Pavoroso... Gracias... Ya estoy mejor... No, los médicos dicen que es psíquico, del shock, pero los médicos no saben nunca nada... Ya... Ya se me está pasando... ¿Se da cuenta? No puedo hablar de esto, no debo, no quiero... Déjenme tranquilo, por favor... Mire, estoy sudando... Esa mujer me ha destrozado... Fiuuuu, ya, ya estoy casi bien... Me ha destrozado, y todos ustedes aquí, hurgando en la herida, como buitres. Ustedes qué saben. No me toque, por favor. Ustedes qué saben de mis sufrimientos. Usted viene aquí y quiere hacer un reportaje interesante y no se da cuenta... Usted ya sabe que, entre otras, he soportado tres operaciones de cirugía estética en la cara, y ahora, al mirarme, posiblemente esté pensando que me han dejado bastante bien, que las operaciones han sido un éxito. El que entre las secuelas de estas intervenciones esté la pérdida del olfato a ustedes les debe parecer una tontería, un mal menor. Ustedes qué saben, qué derecho tienen a... Es una mutilación, ¿entiende? Es una castración, es muchísimo peor que la cojera, es... Dios, cómo podría explicárselo, cómo podría hacérselo entender... Mi olfato era mi don, mi arte, mi razón de ser, mi vida. Es como dejar sordo a un músico, como cortarle las manos a un pintor. Ahora no soy capaz de oler ni el humo en medio de un incendio. Sin mi nariz no soy nada, no soy nadie. Hubiera sido más piadoso haberme muerto... Pa...Páseme el vaso de agua, por favor... Me parece que me siento mal de nuevo...

# 28

Antonia se sorbió las lágrimas. Llevaba horas sentada en el butacón de su cuarto, las manos sobre el regazo, inmóvil, llorando sin parar. Tenía la cara hinchada y la cabeza torpe. Llorar mucho produce una especie de borrachera, algo así como un mareo. O quizá fuera cosa de la debilidad, porque desde que ocurrieron las desgracias no había sido capaz de comer nada. Había sucedido todo tan deprisa. Damián la había dejado y Bella había tirado a Antonio por la ventana. Hacía tan sólo dos días de todo esto, pero en ese tiempo Antonia había pensado tanto en su Damián que se le había desgastado el recuerdo y ahora era ya incapaz de recuperar con nitidez la imagen del muchacho. Que 48 horas tan interminables. Damián se había ido, Antonio agonizaba en una clínica, Bella estaba detenida. Y ella se encontraba sola, sola, sola.

A veces a Antonia se le ocurría que ella había sido la causante de las heridas de su hermano. La verdad era que no entendía la reacción de Bella, pero estaba segura de que si ella no hubiera ido al Desiré a quejarse, a la Isabel no le habría entrado esa ventolera y no se habría ensañado de ese modo con Antonio. Pero por mucho que pensara en todo esto no conseguía tener remordimientos. Antonia era tan desgraciada que no podía sentirse culpable, sino víctima.

La primera noche no durmió nada. Lloraba y lloraba y la casa estaba llena de chirridos. Pero anoche sí. Anoche le venció el sueño cuando ya debía ser de madrugada. Tenía la luz eléctrica prendida y ella estaba de pie en mitad de su habitación. Entonces tuvo miedo, sin saber muy bien de qué, e intentó alcanzar la puerta. No había dado más que un paso cuando el suelo comenzó a ablandarse, a perder su firmeza habitual, a retemblar como el lomo de algo vivo. Era su dormitorio, pero de repente se había convertido en una trampa mortal, en algo desconocido y monstruoso. El terrazo se derretía y ella se hundía más y más en ese suelo viscoso, como si estuviera de pie sobre un flan inmenso que terminaría chupándola y sepultándola entre sus frías gelatinas de color baldosa a cuadros.

Despertó con el horror pegado aún a la piel de los tobillos. La luz encendida, su habitación rosada y raso, un amanecer grisáceo al otro lado del cristal de la ventana. Se levantó temblando y se preparó un café con leche que apenas probó. Luego se sentó en el silloncito del dormitorio y allí estaba aún, lloriqueando y viendo cómo avanzaba la mañana. Se esforzó en reconstruir el último pedazo de Damián que le quedaba en la memoria: un perfil del chico que se le había quedado más grabado, quién sabe por qué. Dibujó mentalmente el escorzo de la cara del muchacho, pugnó por colocar los ojos en su lugar, la boca adecuada, la sonrisa que fue. Pero el recuerdo era cada vez más débil y al fin se le perdió del todo, debilitado por el uso. Ni siquiera eso le quedaba. Las nubes estaban muy bajas y ponían una tapadera oscura sobre el patio.

Antonia se levantó de su asiento y sacó los cajones de la cómoda. Contempló durante un rato sus reliquias, los fetiches etiquetados con bramante, su vida entera. Luego trasladó los cajones a la cocina, uno a uno, parsimoniosamente, y arrojó su contenido a la lata de la basura. Los puros, las recetas, las cerillas aplastadas de Agapito: todo se mezcló en un revoltijo de cáscaras de huevo y posos pringosos de café. Después se vistió. Se puso el traje azul de lana, porque el día estaba destemplado: parecía que al fin se había acabado el larguísimo verano, que había entrado el invierno de repente. Otoño frío y gris como su vida. Cuando hizo la maleta metió el abrigo, por si acaso.

Ya no lloraba. Se movía por la casa sin pensar, como en un sueño. Recolectó sus bienes, sin olvidar ninguno. Las 16.000 pesetas que tenía, el anillo de brillantes de su madre, la cadena de la primera comunión, las dos medallas de oro, el prendedor de rubíes en forma de pato y los abollados cubiertos de plata, restos de la antigua cubertería de boda de sus padres. Cuando salió de casa y cerró la puerta recordó que no había cogido las llaves. No le importó. No volvería.

Tuvo la suerte de encontrar un taxi libre cerca del portal. La maleta no pesaba mucho, pero Antonia se sentía débil y sin resuello. Se dejó caer en el asiento con un suspiro.

—¿A dónde vamos?

—A la estación central.

—Como las balas.

Ir al aeropuerto y tomar el primer avión, había dicho Damián. Pero a Antonia el coger el primer tren ya le parecía proeza suficiente. Al principio, cuando se le ocurrió la idea, lo vio todo muy fácil. Estaba allí, sentada en su butaquita, mirando el cielo frío, y de repente supo que tenía que marcharse. Pero ahora, a medida que el taxi se alejaba de su barrio y se internaba en territorios urbanos más ajenos, Antonia empezaba a darse cuenta de la enormidad de su decisión, y su voluntad se fragmentaba en dudas, y se le agarrotaba el cuello, y se sentía desmayar de puro miedo. Se agarró crispadamente al bolso como si éste pudiera sostenerla. El mundo le daba vueltas. Subirse al primer tren, hacia un destino desconocido y diferente. Era el vacío, un abismo que le atraía y espantaba. Pero tenía que hacerlo, no podía volver, no tenía a dónde.

El taxista se detuvo frente a la estación y Antonia se arrojó del coche con esfuerzo.

—Dios mío.

Las piernas le temblaban. Terror. Terror como cuando la operación de apendicitis, ella muy sola en la camilla, bocarriba, contemplando los helados neones del pasillo, camino del quirófano. Un fragmento de techo blanco y un neón, y un pasillo interminable, y el miedo reventándole en el pecho, cada instante más cerca del desastre, chirrido de ruedas de camilla, olor a cloroformo y ella sola. Sola con su maleta y alrededor un barullo de personas, viajeros, bultos, empujones, una multitud amedrentante. Antonia echó a correr, huyendo de su propio miedo, hacia la nada. Entró en los andenes a trompicones, arrastrando su maleta, rebotando en los remolinos de gente, enceguecida, y se empotró en un pecho de paño azul marino y botones de oro.

—Deprisa, señora, que se va, corra, corra, que la ayudo.

El revisor la jaleaba, cogiéndola, aupándola, empujándola, instalándola en una plataforma resoplante. El rostro del revisor, las losetas grises del andén, una columna metálica, cuerpos sin cara, los cristales sucios de la marquesina, el griterío. La realidad era un desorden de impresiones y ella estaba allí, hecha pedazos. Aire frío y traqueteo, y la estación resbalando ante sus ojos por la portezuela abierta. Aire frío que cortaba, que le picoteaba las mejillas, que iba asentando el mareo de Antonia poco a poco, serenándola, sacándola de su estupor, recuperando su conciencia. Ante ella pasaban los edificios, los hangares, la maraña de las vías de salida: el mundo conocido iba quedando a las espaldas. La máquina estiraba su nariz, acelerando, y atravesaba ya los campos suburbiales, tierras fabriles de despojos. Deprisa, muy deprisa, camino de un destino insospechado, hacia la novedad, hacia la vida. Lo había hecho. Había sido capaz, lo había logrado. Antonia aspiró profundamente y el aire era limpio y la llenaba toda. Retumbó un trueno en las alturas y el cielo se rasgó en una lluvia espesa, lluvia de fin de verano o fin del mundo. Olor a ozono y una embriaguez burbujeante, olor a ozono y una borrachera de entusiasmo. La locomotora chapoteaba y aminoraba para entrar en el primer apeadero. Antonia miró por la portezuela, maravillada: era un pequeño andén vacío y encharcado.

—Tren expreso del Suroeste. Estación de Alenda, dos minutos. Alenda, dos minutos.

Alenda dos minutos y el aire se había vuelto gelatina. Negra la tarde y un vacío mortal en la cabeza. Los segundos se escapaban pegados los unos a los otros, como si el tiempo se hubiera solidificado, convirtiéndose en una masa que apenas dejaba respirar. El tren se estremeció bajo sus pies y se puso en marcha, crujiendo y quejándose del esfuerzo. Después de Alenda vendría Castillo de Noria, y Castrolar, y un poco más allá Medinavieja. Luego Torrera, Valviciosa, Almena de Río, Valbierzo y su río pestilente. Corrullos, la recta interminable, y Bernal al fin, en la mitad del viaje. Después, todos seguidos, Ruigarbo, Santacruz del Campo, Saldaña, Valones, Zuriarte, Altañiz, Peltre. Y al borde de la noche y de los montes, el tren expreso alcanzaría un Malgorta inexorable, el pueblo de su madre, como siempre. La tarde se había puesto gris y sucia y la locomotora silbó con lamento de buque entre la lluvia.